CHASSEURS ET BRACONNIERS

PARIS

IMPRIMERIE BALITOUT, QUESTROY ET C°

7, rue Baillif, 7

CHASSEURS

ET

BRACONNIERS

Par Jules LECLERC

AVOCAT

JUGE SUPPLÉANT AU TRIBUNAL CIVIL DE CHALONS-SUR-MARNE

ANCIEN ATTACHÉ AU PARQUET DU PROCUREUR GÉNÉRAL A PARIS

Mémoire présenté au concours ouvert par la Société centrale

des chasseurs en 1882-1883.

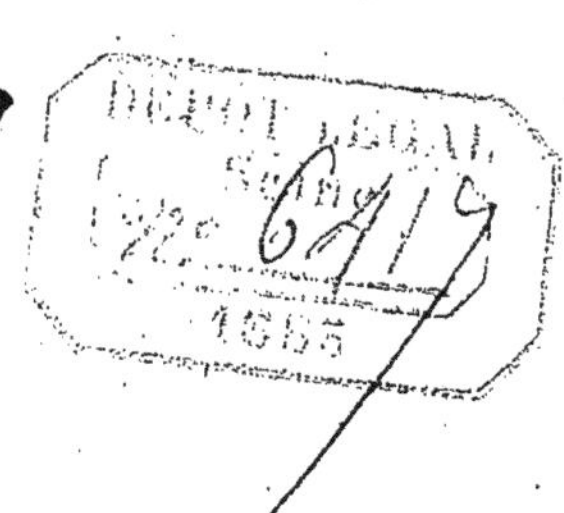

PARIS

SOCIÉTÉ CENTRALE DES CHASSEURS

17, RUE DE CAMBACÉRÈS, 17

—

1883

Ce travail a été classé le premier parmi ceux soumis au comité consultatif de la Société centrale des Chasseurs, et son auteur a obtenu le prix de 1.000 fr. et une médaille d'or.

CHASSEURS

ET

BRACONNIERS

> Quand on n'a pas ce que l'on aime
> Il faut *changer* ce que l'on a.

La Société centrale des chasseurs tenait, il y a quelques mois, sa seizième assemblée générale annuelle, et M. le duc de Trévise, son président, dans un langage ferme et pratique, signalait l'insuffisance des dispositions pénales pour la répression des abus de l'exercice du droit de chasse. Aujourd'hui, en effet, le chasseur est désarmé par l'activité lucrative du braconnier dont l'audace n'a plus de bornes ; et ses plaintes ne sont point entendues des représentants du pays, dont l'esprit est sollicité par d'autres préoccupations, et notamment par celle de faire des lois démocratiques et égalitaires : c'est là l'ambition unique de nos représentants. L'égalité est une belle chose, tout le monde est pour l'égalité ; seulement il y a diverses manières de la comprendre.

Aussi est-il urgent, avant que la Chambre ait statué sur les projets nouveaux qui lui sont soumis et tandis que la question est encore pendante, d'arrêter le législateur sur la pente funeste où l'entraînent ces projets, qui, nous n'hésitons pas à le dire, sacrifient l'intérêt général à la satisfaction de quelques appétits particuliers.

L'abaissement du prix du permis de chasse, proposé à la Chambre, est peut-être un projet de loi républicain et égalitaire, mais il est, à coup sûr, la plus grave atteinte qu'on puisse porter à la chasse et amènerait infailliblement en quelques années la destruction du gibier dans les campagnes.

Sur la proposition de son Président, la Société centrale des chasseurs, saisissant à propos l'occasion de réagir contre ces tendances funestes, a ouvert un concours pour la rédaction d'un projet de loi cynégétique modifiant la loi du 3 mai 1844, et c'est pour répondre à cet appel que l'auteur de ce travail a cru bien faire en consignant les réflexions que lui ont suggérées ses goûts de chasseur, l'étude du braconnier et de ses principaux moyens de défense, comme aussi les observations personnelles recueillies soit au cours de l'instruction, soit à l'audience, dans les affaires de chasse. L'expérience des poursuites en matière de chasse démontre que par l'habileté des inculpés et des défenseurs, notamment par des alibis invoqués à propos et faussement imposés à la conscience des magistrats, le braconnage échappe à la plupart des condamnations qui devraient l'atteindre ; il justifie cet adage, qu'il s'applique et qu'il revendique comme sien : « Pas vu, pas pris. »

Aussi l'auteur de ce travail est convaincu que, pour être efficace, la réforme de la loi de 1844 devra, tout en édictant contre le braconnier des peines plus sévères, s'appliquer surtout à compléter, à étendre les moyens de répression destinés à frapper les complices du braconnier. Par complices il faut entendre spécialement les recéleurs habituels, voituriers, commissionnaires, aubergistes, marchands de comestibles, qui sont les souteneurs du braconnier, remplissent sa bourse, paient ses amendes et alimentent son audace, poussant la prévoyance jusqu'à nourrir sa femme et ses enfants lorsqu'il subit une peine d'emprisonnement conquise au champ d'honneur du braconnage. L'auteur du délit n'est qu'un simple soldat dans cette légion de braconniers en chambre dont les boutiques et les cuisines, pourvues en tout temps de gibier frauduleux, échappent aux perquisitions. Ce sont eux qu'il faut poursuivrè, car ils brisent l'œuf en son germe et rendent impossible la reproduction du gibier.

Il nous paraît utile, pour faciliter l'examen de notre projet, de le rapprocher de la loi de 1844 ; nous avons donc divisé notre travail en deux colonnes, la première comprenant la loi de 1844, telle qu'elle est actuellement en vigueur, avec les modifications récentes qu'elle a subies ; la seconde comprenant le projet de loi que nous présentons comme une arme perfectionnée entre les mains des chasseurs adroits et infatigables, prêt à subir le contrôle des représentants du pays et muni de commentaires dans lesquels nous avons particulièrement recherché deux qualités dont le savant jurisconsulte qui nous juge a le secret, la concision et la clarté.

LOI SUR LA POLICE DE LA CHASSE
(3 Mai 1844)
SECTION 1ʳᵉ
DE L'EXERCICE DU DROIT DE CHASSE

ARTICLE 1ᵉʳ. Nul ne pourra chasser, sauf les exceptions ci-après, si la chasse n'est pas ouverte et s'il ne lui a pas été délivré un permis de chasse par l'autorité compétente.

Nul n'aura la faculté de chasser sur la propriété d'autrui sans le consentement du propriétaire ou de ses ayants-droit.

ART. 2. Le propriétaire ou possesseur peut chasser ou faire chasser en tout temps, sans permis de chasse, dans ses possessions attenant à une habitation et entourées d'une clôture continue faisant obstacle à toute communication avec les héritages voisins.

ART. 3. Les préfets détermineront, par des arrêtés publiés au moins dix jours à l'avance, les époques des ouvertures et celles des clôtures des chasses, soit à tir, soit à courre, à cor et à cri, dans chaque département.

PROJET DE LOI
SECTION 1ʳᵒ
DE L'EXERCICE DU DROIT DE CHASSE

ARTICLE 1ᵉʳ. La chasse est la recherche, la poursuite ou la capture par un moyen quelconque de tout animal autre qu'un animal domestique ou de tout oiseau vivant en liberté.

Elle ne peut s'exercer sur le terrain d'autrui sans le consentement du propriétaire ou de ses ayants-droit.

ART. 2. Nul ne peut chasser si la chasse n'est pas ouverte et s'il ne lui a pas été délivré un permis de chasse par l'autorité compétente. — Toutefois, le propriétaire ou possesseur peut chasser ou faire chasser en tout temps, sans permis de chasse, dans ses possessions attenant à une habitation, et entourées d'une clôture continue faisant obstacle à toute communication avec les héritages voisins.

ART. 3. Les préfets détermineront dans chaque département, par des arrêtés publiés au moins dix jours à l'avance, les époques des ouvertures et celles des clôtures des chasses des différentes espèces de gibier soit à tir, soit à courre, à cor et à cri.

ART. 4. Dans chaque département, il est interdit de mettre en vente, de vendre, d'acheter, de transporter et de colporter du gibier pendant le temps où la chasse n'y est pas permise. — En cas d'infraction à cette disposition, le gibier sera saisi et immédiatement livré à l'établissement de bienfaisance le plus voisin, en vertu soit d'une ordonnance du juge de paix, si la saisie a eu lieu au chef-lieu de canton, soit d'une autorisation du maire, si le juge de paix est absent, ou si la saisie a été faite dans une commune autre que celle du chef-lieu.— Cette ordonnance ou cette autorisation sera délivrée sur la requête des agents ou gardes qui auront opéré la saisie, et sur la présentation du procès-verbal régulièrement dressé. La recherche du gibier ne pourra être faite à domicile que chez les aubergistes, chez les marchands de comestibles et dans les lieux ouverts au public.

Il est interdit de prendre ou de détruire sur le terrain d'autrui des œufs et des couvées de faisans, de perdrix et de cailles.

ART. 4. Dans chaque département, il est interdit, à compter du troisième jour après l'époque de la clôture de la chasse, déterminée, conformément au paragraphe précédent, suivant chaque espèce de gibier, jusques et y compris le jour de l'ouverture avant midi, de mettre en vente, de vendre, d'acheter, de transporter et de colporter du gibier. La même interdiction s'applique, à partir du dixième jour de la clôture de la chasse, aux pâtés, boîtes ou conserves de gibier, à moins que, dans ce laps de temps, ils n'aient été revêtus d'une bande de papier assurant la fermeture du couvercle, laquelle bande marquée au timbre de la régie, indiquera la date de la fabrication.

Pendant le même temps, il est interdit aux marchands de comestibles, traiteurs et aubergistes, de détenir, même hors de leur domicile, du gibier vivant, et à toute personne de le recéler ou détenir pour le compte de marchands ou trafiquants.

ART. 5. Pendant le temps d'ouverture des diverses espèces de chasse, il est permis de circuler avec du gibier.

Mais lorsque le gibier sera

transporté pour être vendu, ou sera expédié par un moyen quelconque, il sera soumis à un droit de circulation, et aucune expédition ne pourra être faite sans que le gibier transporté soit accompagné d'un laissez-passer délivré au bureau de la régie. — La délivrance donnera lieu à la perception d'un droit fixe, quelles que soient l'importance de l'expédition et la longueur du trajet; et ce droit sera fixé par l'administration de la régie dans un règlement sur la matière. Aucun laissez-passer ne sera délivré que sur les déclarations énonçant les quantités et espèces de gibier, les lieux d'expédition et de destination, les noms, prénoms, domicile des expéditeurs et destinataires. Les expéditions de conserves de gibier seront soumises aux mêmes formalités; il en sera de même du gibier étranger entrant en France.

Art. 6. En cas d'infraction aux dispositions des art. 4 et 5, le gibier vivant ou cuit sera saisi et immédiatement livré à l'établissement de bienfaisance le plus voisin, en vertu soit d'une ordonnance du juge de paix, si la saisie a lieu au chef-lieu de canton; soit d'une autorisation du maire si le juge de paix est absent, ou si la saisie a eu lieu dans un commune autre que celle du chef-lieu. Cette ordonnance ou cette autorisation sera délivrée sur la requête des agents ou gardes qui auront opéré la saisie, et sur la présentation du procès-verbal régulièrement dressé.

La recherche et la saisie du gibier vivant ou cuit pourront être faites à domicile chez les restaurants, maîtres d'hôtels, aubergistes, marchands de denrées comestibles, dans les tables d'hôte, cafés, voitures publiques, et en général dans tous les lieux ouverts au public; elles pourront l'être également chez tous les particuliers, s'il est établi que le gibier y est déposé pour être livré au commerce.

Art. 7. Il est interdit en tout temps de prendre ou de détruire sur le terrain d'autrui des portées, des œufs, des couvées de toute espèce de gibier et de tous animaux autres que ceux déclarés nuisibles par arrêtés préfectoraux. La vente, l'achat, le transport du gibier vivant peut être autorisé pour le repeuplement pendant la fermeture de la chasse par le ministre de l'intérieur et moyennant les conditions qu'il prescrit.

Art. 5. Les permis de chasse
seront délivrés, sur l'avis du
maire ou du sous-préfet, par le
préfet du département dans lequel celui qui en fera la demande aura sa résidence ou son
domicile. — La délivrance des
permis de chasse donnera lieu
au paiement d'un droit de 15
francs au profit de l'État et de
10 fr. au profit de la commune
dont le maire aura donné l'avis
énoncé au paragraphe précédent. — Les permis de chasse
seront personnels; ils seront
valables pour tout le royaume
et pour un an seulement.

Art. 6. Le préfet pourra refuser le permis de chasse : 1° à
tout individu majeur qui ne
sera point personnellemet inscrit au rôle des contributions;
— 2° à tout individu qui, par
une condamnation judiciaire, a
été privé de l'un ou de plusieurs
des droits énumérés dans l'article 42 du Code pénal, autres

Art. 8. Les permis de chasse
seront délivrés, sur l'avis du
maire, par le préfet ou le sous-
préfet du département ou de
l'arrondissement dans lequel
celui qui en fera la demande
aura son domicile ou sa résidence. Toute demande de permis devra être accompagnée
d'un extrait du casier judiciaire
sur lequel le Procureur de la
République, en apposant son
visa, émettra son avis. La délivrance du permis de chasse
donnera lieu au paiement d'un
droit de 30 fr. au profit de
l'État et 20 fr. au profit de la
commune dont le maire aura
donné l'avis énoncé au paragraphe précédent. Les permis de
chasse seront personnels; ils
seront valables pour tout le
territoire de la République pour
un an à partir du lendemain du
jour de leur délivrance jusqu'à
la date correspondant au jour
de la délivrance inclusivement.

Art. 9. Le préfet pourra refuser le permis de chasse :
1° à tout individu majeur qui ne
sera pas personnellement inscrit, ou dont le père ou la mère
ne serait pas inscrit au rôle des
contributions;

2° A tout individu, qui, par
une condamnation judiciaire,
a été privé de l'un ou de plu-

que le droit de port d'armes; — 3° à tout condamné à un emprisonnement de plus de six mois pour rébellion ou violence envers les agents de l'autorité publique; — 4° à tout condamné pour délit d'association illicite, de fabrication, débit, distribution de poudre, armes ou autres munitions de guerre; de menaces écrites ou de menaces verbales avec ordre ou sous condition; d'entraves à la circulation des grains; de dévastation d'arbres ou de récoltes sur pied, de plants venus naturellement ou faits de main d'homme; — 5° à ceux qui auront été condamnés pour vagabondage, mendicité, vol, escroquerie ou abus de confiance. La faculté de refuser le permis de chasse aux condamnés dont il est question dans les paragraphes 3, 4 et 5, cessera cinq ans après l'expiration de la peine.

Art. 7. Le permis de chasse ne sera pas délivré : 1° aux mineurs qui n'auront pas seize ans accomplis; 2° aux mineurs de seize à vingt et un ans, à

sieurs des droits énumérés dans l'art. 42 du Code pénal autres que le droit de port d'armes;

3° A tout condamné à un emprisonnement de plus de deux mois, pour rébellion ou violence envers les agents de l'autorité publique;

4° A tout condamné pour délit d'association illicite, de fabrication, débit, distribution de poudre, armes ou autres munitions de guerre; de menaces écrites ou de menaces verbales avec ordre ou sous condition; d'entraves à la circulation des grains; de dévastations d'arbres ou de récoltes sur pied, de plants venus naturellement ou faits de main d'homme;

5° A ceux qui auront été condamnés pour vagabondage, mendicité, vol, escroquerie ou abus de confiance.

La faculté de refuser le permis de chasse aux condamnés mentionnés au présent article cessera pour ceux qui auront obtenu leur réhabilitation conformément aux dispositions des art. 619 et suivants du Code d'instruction criminelle.

Art. 10. Le permis de chasse ne sera pas délivré :

1° Aux mineurs qui n'ont pas seize ans accomplis;

2° Aux mineurs de seize à

moins que le permis ne soit demandé pour eux par leur père, mère, tuteur ou curateur, porté au rôle des contributions; 3° aux interdits; 4° aux gardes champêtres ou forestiers des communes et des établissements publics, ainsi qu'aux gardes forestiers de l'État et aux gardes-pêche.

Art. 8. Le permis de chasse ne sera pas accordé : 1° à ceux qui, par suite de condamnations, sont privés du droit de port d'armes; 2° à ceux qui n'auront pas exécuté les condamnations prononcées contre eux pour l'un des délits prévus par la présente loi; 3° à tout condamné placé sous la surveillance de la haute police.

Art. 9. Dans le temps où la chasse est ouverte, le permis donne à celui qui l'a obtenu le droit de chasser le jour, soit à tir, soit à courre, à cor et à cri, suivant les distinctions établies par les arrêtés préfectoraux, sur ses propres terres et sur les terres d'autrui, avec le consentement de celui à qui le droit de chasse appartient. Tous les autres moyens de chasse, à l'exception du furet et des bourses destinés à pren-

vingt et un ans, à moins que le permis ne soit demandé pour eux par leur père, mère, tuteur ou curateur, porté au rôle des contributions ;

3° Aux femmes mariées, sans le consentement de leurs maris;

4° Aux interdits ;

5° Aux gardes champêtres ou forestiers de l'État et aux gardes-pêche ;

6° A ceux qui, par suite de condamnations, sont privés du droit de port d'armes;

7° A ceux qui n'auront pas exécuté les condamnations prononcées contre eux et payé les amendes pour l'un des délits prévus par la présente loi ;

8° A tout condamné placé sous la surveillance de la haute police.

Art. 11. Dans le temps où la chasse est ouverte le permis donne à celui qui l'a obtenu la faculté de chasser sur les propriétés où il a le droit de chasse du lever au coucher du soleil, soit à tir, soit à courre, à cor et à cri, dans les conditions édictées par les arrêtés préfectoraux.

Tous autres moyens de chasse, à l'exception des furets et des bourses destinés à prendre le lapin, sont prohibés. Est

dre les lapins, sont formellement prohibés. Néanmoins, les
préfets des départements, sur
l'avis des conseils généraux,
prendront des arrêtés pour déterminer : 1° l'époque de la
chasse des oiseaux de passage
autres que la caille, la nomenclature des oiseaux et les modes et procédés de chasse pour
les diverses espèces ; 2° le temps
pendant lequel il sera permis
de chasser le gibier d'eau
dans les marais, sur les étangs,
fleuves et rivières ; 3° les espèces d'animaux malfaisants
ou nuisibles que le propriétaire, possesseur ou fermier
pourra en tout temps détruire
sur ses terres, et les conditions
de l'exercice de ce droit, sans
préjudice du droit appartenant
au propriétaire ou au fermier
de repousser ou de détruire,
même avec des armes à feu, les
bêtes fauves qui porteraient
dommage à sa propriété. — Ils
pourront prendre également
des arrêtés : — 1° pour prévenir la destruction des oiseaux
ou pour favoriser leur repeuplement ; 2° pour autoriser l'emploi des chiens lévriers pour la
destruction des animaux malfaisants ou nuisibles ; 3° pour
interdire la chasse pendant les
temps de neige.

aussi interdite la chasse à tir, à
cheval ou en voiture dans les
plaines.

Les préfets, sur l'avis conforme des conseils généraux, prendront des arrêtés pour déterminer :

1° L'époque de la chasse des
oiseaux de passage autres que
la caille, la nomenclature des
oiseaux et les modes et procédés de chaque chasse sur les
différentes espèces ;

2° Le temps pendant lequel
il sera permis de chasser le gibier d'eau dans les marais, sur
les étangs, fleuves et rivières ;

3° Les espèces d'animaux
malfaisants ou nuisibles que le
propriétaire, possesseur ou fermier, pourra, en tout temps,
détruire sur ses terres, et les
conditions de l'exercice de ce
droit, sans préjudice du droit
appartenant au propriétaire ou
au fermier de repousser et de
détruire, même avec des armes
à feu, les bêtes fauves qui porteraient dommage à ses propriétés.

Ils pourront prendre également des arrêtés :

1° Pour favoriser le repeuplement du gibier et des oiseaux ;

2° Pour interdire la chasse
pendant les temps de neige.

ART. 12. La chasse est per-

ART. 10. Des ordonnances royales détermineront la gratification qui sera accordée aux gardes et gendarmes rédacteurs de procès-verbaux ayant pour objet de constater les délits.

SECTION II

DES PEINES

ART. 11. Seront punis d'une amende de 16 à 100 fr. : 1° ceux qui auront chassé sans permis de chasse; 2° ceux qui auront

mise en tout temps à la mer et sur les bords, la limite étant celle de la plus forte marée de l'année.

La chasse avec des chiens lévriers est défendue.

De la clôture à l'ouverture de la chasse fixée suivant les dispositions de l'article 3 par les arrêtés préfectoraux, il est défendu de laisser circuler dans les champs et dans les bois les chiens, de quelque espèce qu'ils soient, sans être tenus en laisse ou couplés. Les délinquants seront condamnés à une amende de 16 à 25 fr.; en cas de récidive, à une amende de 25 à 100 fr., et, sur une troisième poursuite, à une amende de 50 à 200 fr., quel que soit le temps écoulé depuis la dernière condamnation.

ART. 13. Des décrets présidentiels détermineront la gratification qui sera accordée aux gardes, gendarmes et tous autres employés, rédacteurs des procès-verbaux ayant pour objet de constater les délits.

SECTION II

DES PEINES

ART. 14. Seront punis d'une amende de 25 à 100 fr. :

1° Ceux qui auront chassé sur le terrain d'autrui sans le

chassé sur le terrain d'autrui sans le consentement du propriétaire. — L'amende pourra être portée au double si le délit a été commis sur des terres non dépouillées de leurs fruits, ou s'il a été commis sur un terrain entouré d'une clôture continue faisant obstacle à toute communication avec les héritages voisins, mais non attenant à une habitation.

Pourra ne pas être considéré comme délit de chasse le fait du passage des chiens courants sur l'héritage d'autrui, lorsque ces chiens seront à la suite d'un gibier lancé sur la propriété de leurs maîtres, sauf l'action civile, s'il y a lieu, en cas de dommage ; 3° ceux qui auront contrevenu aux arrêtés des préfets concernant les oiseaux de passage, le gibier d'eau, la chasse en temps de neige, l'emploi des chiens lévriers, ou aux arrêtés concernant la destruction des oiseaux et celle des animaux nuisibles ou malfaisants ; 4° ceux qui auront pris ou détruit, sur le terrain d'autrui, des œufs ou couvées de faisans, de perdrix ou de cailles ; 5° les fermiers de la chasse, soit dans les bois soumis au régime forestier, soit sur les propriétés dont la chasse est louée au profit des

consentement du propriétaire ; l'amende pourra être portée au double si le délit a été commis sur des terres non dépouillées de leurs fruits, ou s'il a été commis sur un terrain entouré d'une clôture continue, faisant obstacle à toute communication avec les héritages voisins, mais non attenant à une habitation ;

2° Ceux qui auront contrevenu aux arrêtés des préfets concernant les oiseaux de passage, le gibier d'eau, la chasse en temps de neige, l'emploi des chiens lévriers, ou autres arrêtés concernant la destruction des animaux nuisibles ou malfaisants ;

3° Ceux qui auront pris ou détruit sur le terrain d'autrui des portées, des œufs, des couvées de toute espèce de gibier ;

4° Les fermiers de la chasse, soit dans les bois soumis au régime forestier, soit sur les propriétés dont la chasse est louée au profit des communes ou établissements publics, qui auront contrevenu aux clauses et conditions de leurs cahiers de charges relatives à la chasse.

Pourra ne pas être considéré comme délit de chasse le fait du passage des chiens courants sur l'héritage d'autrui, lorsque ces chiens lancés à la suite du communes ou établissement publics, qui auront contrevenu aux clauses et conditions de leurs cahiers de charges relatives à la chasse.

ART. 12. Seront punis d'une amende de 50 à 200 fr., et pourront, en outre, l'être d'un emprisonnement de six jours à deux mois : — 1° ceux qui auront chassé en temps prohibé ;

2° Ceux qui auront chassé pendant la nuit, ou à l'aide d'engins et instruments prohibés, ou par d'autres moyens que ceux qui sont autorisés par l'art. 9 ;

3° Ceux qui seront détenteurs ou ceux qui seront trouvés munis ou porteurs, hors de leur domicile, de filets, engins, ou autres instruments de chasse prohibés ; — 4° ceux qui, en temps où la chasse est prohibée, auront mis en vente, vendu, acheté, transporté ou colporté du gibier ; — 5° ceux qui auront employé des drogues ou appâts qui sont de nature à enivrer le gibier ou à le détruire ; — 6° ceux qui auront chassé avec appelants, appeaux ou chanterelles. — Les peines déterminées par le présent article pourront être portées au double contre ceux qui auront chassé la nuit sur le terrain d'autrui et par l'un des moyens spéci-

gibier levé sur la propriété de leurs maîtres n'auront été ni suivis sur le terrain d'autrui ni appuyés, sauf l'action civile, s'il y a lieu, en cas de dommages.

ART. 15. Seront punis d'une amende de 25 à 100 fr. et d'un emprisonnement de six jours à deux mois :

1° Ceux qui auront chassé sans permis de chasse ;

2° Ceux qui auront chassé en temps prohibé ;

3° Ceux qui auront chassé pendant la nuit ou à l'aide d'engins et instruments prohibés ou par d'autres moyens que ceux qui sont autorisés par l'art. 11 ;

4° Ceux qui seront détenteurs ou ceux qui seront trouvés munis ou porteurs, hors de leur domicile, de filets, engins ou autres instruments de chasse prohibés ;

5° Ceux qui auront employé des drogues ou appâts qui sont de nature à enivrer le gibier ou à le détruire ;

6° Ceux qui auront chassé avec appeaux, appelants ou chanterelles ;

7° Ceux qui auront contrevenu aux dispositions des art. 4 et 5, relatives à la mise en vente, la vente, l'achat, le transport, le colportage et l'expédition du

fiés au § 2, si les chasseurs étaient munis d'une arme apparente ou cachée. — Les peines déterminées par l'art. 11 et par le présent article seront toujours portées au maximum, lorsque les délits auront été commis par les gardes champêtres ou forestiers des communes, ainsi que par les gardes forestiers de l'État et des établissements publics.

ART. 13. Celui qui aura chassé sur le terrain d'autrui sans son consentement, si ce terrain est attenant à une maison habitée ou servant à l'habitation, et s'il est entouré d'une clôture continue faisant obstacle à toute communication avec les héritages voisins, sera puni d'une amende de 50 à 300 fr. et pourra l'être d'un emprisonnement de six jours à trois mois. Si le délit a été commis pendant la nuit, le délinquant sera puni d'une amende de 100 fr. à 1.000 francs, et pourra l'être d'un emprisonnement de trois mois à deux ans, sans préjudice dans l'un et l'autre cas, s'il y a lieu, de plus fortes peines prononcées par le Code pénal.

ART. 14. Les peines déterminées par les trois articles qui précèdent pourront être portées

gibier ou des conserves de gibier ;

8° Ceux qui, contrairement aux dispositions de l'art. 4 § 2, auront détenu ou recélé du gibier vivant.

ART. 16. Dans les cas prévus par les deux articles précédents les amendes pourront être portées au double et, en outre, une peine d'emprisonnement de quinze jours à six mois sera prononcée :

1° Si le délit a été commis la nuit, sur le terrain d'autrui, à l'aide d'engins prohibés ;

2° Si le délinquant était muni d'une arme apparente ou cachée;

3° S'il est établi que le délinquant fait partie d'une association de braconnage ou reçoit un salaire de plusieurs associés, et, dans ce cas, ceux qui l'auront payé seront considérés comme complices et condamnés aux mêmes peines ;

4° Si le délit a été commis sur le terrain d'autrui, alors que ce terrain est attenant à une maison habitée ou servant à l'habitation et est entouré d'une clôture continue faisant obstacle à toute communication avec les héritages voisins.

ART. 17. Les amendes déterminées par les articles qui précèdent seront portées au double au double si le délinquant était en état de récidive, et s'il était déguisé ou masqué, s'il a pris un faux nom, s'il a usé de violences envers les personnes, ou s'il a fait des menaces, sans préjudice, s'il y a lieu, de plus fortes peines prononcées par la loi. — Lorsqu'il y aura récidive, dans les cas prévus en l'art. 11, la peine de l'emprisonnement de six jours à trois mois pourra être appliquée si le délinquant n'a pas satisfait aux condamnations précédentes.

ART. 15. Il y a récidive lorsque, dans les douze mois qui ont précédé l'infraction, le délinquant a été condamné en vertu de la présente loi.

ART. 16. Tout jugement de condamnation prononcera la confiscation des filets, engins et autres instruments de chasse. Il ordonnera en outre la destruction des instruments de chasse prohibés. — Il prononcera également la confiscation des armes, excepté dans le cas où le délit aura été commis par un individu muni d'un permis de chasse, dans le temps où la chasse est autorisée. Si les armes, filets, engins ou autres instruments de chasse n'ont pas été saisis, le

et en outre un emprisonnement de quinze jours à six mois sera prononcé :

1° Lorsque les délits auront été commis par les gardes champêtres ou forestiers des communes, ainsi que par les gardes forestiers de l'État et des établissements publics;

2° Si le délinquant est en état de récidive, s'il est déguisé ou masqué, s'il a pris un faux nom, s'il a usé de violences envers les personnes, ou s'il a fait des menaces, ou enfin s'il n'a pas satisfait aux condamnations précédentes.

ART. 18. Il y a récidive lorsque, dans les douze mois qui ont précédé l'infraction, le délinquant a été condamné en vertu de la présente loi.

ART. 19. Semblable à l'article 15, avec cette modification :

délinquant sera condamné à les représenter ou à en payer la valeur, suivant la fixation qui en sera faite par le jugement, sans qu'elle puisse être au-dessous de 50 fr.

Les armes, engins ou autres instruments de chasse abandonnés par les délinquants restés inconnus seront saisis et déposés au greffe du tribunal compétent.

La confiscation et, s'il y a lieu, la destruction en seront ordonnées sur le vu du procès-verbal.

Dans tous les cas, la quotité des dommages-intérêts est laissée à l'appréciation des tribunaux.

Art. 17. En cas de conviction de plusieurs délits prévus par la présente loi, par le Code pénal ordinaire ou par les lois spéciales, la peine la plus forte sera seule prononcée. Les peines encourues pour des faits postérieurs à la déclaration du procès-verbal de contravention pourront être cumulées, s'il y a lieu, sans préjudice des peines de la récidive.

Art. 18. En cas de condamnation pour délits prévus par la présente loi, les tribunaux pourront priver le délinquant du droit d'obtenir un permis

(sans qu'elle puisse être au-dessous de 100 fr.)

Art. 20. En cas de conviction de plusieurs délits prévus par la présente loi, par le Code pénal ordinaire ou par les lois spéciales, la peine la plus forte sera seule prononcée.

Les peines encourues pour des faits postérieurs à la déclaration du procès-verbal de contravention seront cumulées, sans préjudice des peines de la récidive,

Art. 21. Semblable.

de chasse pour un temps qui n'excédera pas cinq ans.

ART. 19. La gratification mentionnée en l'art. 10 sera prélevée sur le produit des amendes. — Le surplus desdites amendes sera attribué aux communes sur le territoire desquelles les infractions auront été commises.

ART. 20. L'art. 463 du Code pénal ne sera pas applicable aux délits prévus par la présente loi.

ART. 22. Semblable.

ART. 23. Semblable.

SECTION III

DE LA POURSUITE ET DU JUGEMENT

ART. 21. Les délits prévus par la présente loi seront prouvés soit par procès-verbaux ou rapports, soit par témoins à défaut de rapports et procès-verbaux ou à leur appui.

ART. 22. Les procès-verbaux des maires et adjoints, commissaires de police, officier, maréchal-des-logis ou le brigadier de gendarmerie, gendarmes, gardes forestiers, gardes-pêche, gardes champêtres ou gardes assermentés des particuliers feront foi jusqu'à preuve contraire.

ART. 23. Les procès-verbaux des employés des contributions indirectes et des octrois feront également foi jusqu'à preuve

SECTION III

DE LA POURSUITE ET DU JUGEMENT

ART. 24. Semblable.

ART. 25. Semblable.

ART. 26. Les procès-verbaux des employés des contributions indirectes et des octrois feront également foi jusqu'à preuve contraire lorsque, dans la limite de leurs attributions respectives, ces agents rechercheront et constateront les délits prévus par le § 1er de de l'art. 4.

Art. 24. Dans les vingt-quatre heures du délit, les procès-verbaux des gardes seront, à peine de nullité, affirmés par les rédacteurs devant le juge de paix ou l'un de ses suppléants, ou devant le maire ou l'adjoint soit de la commune de leur résidence, soit de celle où le délit aura été commis.

Art. 25. Les délinquants ne pourront être saisis ni désarmés ; néanmoins, s'ils sont déguisés ou masqués, s'ils refusent de faire connaître leurs noms ou s'ils n'ont pas de domicile connu, ils seront conduits immédiatement devant le maire ou le juge de paix, lequel s'assurera de leur individualité.

Art. 26. Tous les délits prévus par la présente loi seront poursuivis d'office par le ministère public, sans préjudice du droit conféré aux parties lésées par l'art. 182 du Code

contraire lorsque, dans la limite de leurs attributions respectives, ces agents rechercheront et constateront les délits prévus par les art. 4 et 5 de la présente loi.

Art. 27. Dans les quarante-huit heures du délit, les procès-verbaux des gardes seront, à peine de nullité, affirmés par les rédacteurs devant le juge de paix ou l'un de ses suppléants, ou devant le maire ou l'adjoint, soit de la commune de leur résidence, soit de celle où le délit aura été commis.

Art. 28. Les délinquants ne pourront être arrêtés ni désarmés ; néanmoins, les engins ou instruments de chasse prohibés autres que les armes pourront être saisis ; et, si les délinquants sont déguisés ou masqués, s'ils refusent de faire connaître leur nom ou s'ils n'ont pas de domicile connu, ils seront conduits immédiatement devant le maire ou le juge de paix, lequel, après s'être assuré de leur individualité, les laissera en liberté s'il y a lieu.

Art. 29. Semblable.

d'instruction criminelle. —Néanmoins, dans le cas de chasse sur le terrain d'autrui, sans le consentement du propriétaire, la poursuite d'office ne pourra être exercée par le ministère public, sans une plainte de la partie intéressée, qu'autant que le délit aura été commis dans un terrain clos, suivant les termes de l'art. 2, et attenant à une habitation, ou sur des terres non encore dépouillées de leurs fruits,

Art. 27. Ceux qui auront commis conjointement les délits de chasse seront condamnés solidairement aux amendes, dommages-intérêts et frais.

Art. 28. Le père, la mère, le tuteur, les maîtres et commettants sont civilement responsables des délits de chasse commis par leurs enfants mineurs, non mariés, pupilles demeurant avec eux, domestiques ou préposés, sauf tout recours de droit. — Cette responsabilité sera réglée conformément à l'art. 1384 du Code civil, et ne s'appliquera qu'aux dommages-intérêts et frais sans pouvoir, toutefois, donner lieu à la contrainte par corps.

Art. 29. Toute action relative aux délits prévus par la présente loi sera prescrite par le laps de

Art. 30. Semblable.

Art. 31. Le père, la mère, le tuteur les maîtres et commettants, sont civilement responsables des délits de chasse commis par leurs enfants mineurs non mariés, pupilles demeurant avec eux, domestiques ou préposés, conformément à l'art. 1384 du Code civil, sauf tout recours de droit.

Art. 32. Les actions relatives aux délits prévus par la présente loi se prescrivent par trois mois trois mois à compter du jour du délit.

à compter du jour du délit, lorsque les prévenus sont désignés dans les procès-verbaux; dans le cas contraire, le délai de prescription est de six mois à compter du même jour.

SECTION IV

DISPOSITIONS GÉNÉRALES

ART. 30. Les dispositions de la présente loi relatives à l'exercice du droit de chasse ne sont pas applicables aux propriétés de la couronne. Ceux qui commettraient des délits de chasse dans ces propriétés seront poursuivis et punis conformément aux sections 2 et 3.

ART. 31. Le décret du 4 mai 1812 et la loi du 30 avril 1790 sont abrogés; sont et demeurent abrogés les lois, arrêtés et ordonnances intervenus sur les matières réglées par la présente loi, en tout ce qui est contraire à ses dispositions.

SECTION IV

DISPOSITIONS GÉNÉRALES

ART. 33. Semblable.

ART. 34. Sont et demeurent abrogés tous les lois et décrets sur la chasse publiés antérieurement à la présente loi.

COMMENTAIRES

·Article 1er. Nous pensons contrairement à l'adage, *Omnis definitio est periculosa,* qu'il est utile de définir ce qu'on entend par la chasse. En effet, des discussions s'élèvent fréquemment au sujet de faits motivant des poursuites pour actes de chasse et, en présence du silence de la loi, l'accord ne s'est point établi sur la portée que le législateur de 1844 a assigné au mot chasse; la jurisprudence a rendu des décisions contradictoires.

La définition que nous proposons coupe court à toute discussion; elle est empruntée d'ailleurs à la circulaire du garde des sceaux du 9 mai 1844, relative à l'application de la loi sur la chasse; elle est aussi large que possible; elle s'applique à tous les animaux et les oiseaux que, ni la nature, ni l'habitude n'ont façonnés au ·joug ou à la société de l'homme; elle comprend comme constituant acte de chasse tout moyen employé pour rechercher, poursuivre ou capturer le gibier.

Art. 1er, § 2. Après avoir défini la chasse, il est d'un ordre logique de spécifier sur quel terrain s'exerce le droit de chasse. Avant la célèbre nuit du 4 août 1789, le droit de chasse, attribut de la souveraineté, appartenait au roi seul; les nobles ne l'exerçaient qu'en vertu de sa permission, et quant aux roturiers « *non possédant fief* » il leur était entièrement interdit de chasser (1). Mais l'Assemblée nationale, constituant la société sur des bases nouvelles, fit tomber, avec les autres droits féodaux, ce privilège exclusif de la chasse,

---

(1) Ordonnance des eaux et forêts. Saint-Germain-en-Laye, août 1669.

et le *Moniteur* des 4 et 5 août 1789 nous rapporte les échos lointains de cette séance. Un prélat prend la parole, c'est Mgr de Chartres : « Présentant le droit exclusif de chasse » comme un fléau pour les campagnes, ruinées depuis plus » d'un an par les éléments, il sollicite l'abolition de ce droit; » il déclare qu'il l'abandonne sur ses domaines, heureux, » dit-il, de donner aux autres propriétaires du royaume » cette leçon d'humilité et de justice. A ces mots une mul- » titude de voix s'élèvent, elles partent de Messieurs de la » noblesse, et se réunissent pour consommer cette renon- » ciation à l'heure même, sous l'unique réserve de ne per- » mettre l'usage de la chasse qu'aux seuls propriétaires, avec » des mesures de prudence pour ne pas compromettre la » sûreté publique. » Tout le clergé adhère à la proposition, il se forme même un tel ensemble d'applaudissements et d'expressions de bienveillance que la délibération reste suspendue pendant quelque temps.

Ainsi fut aboli le privilège de chasse. Le 11 août l'Assemblée nationale rendit le fameux décret qui renversa le régime féodal et qui porte : « ARTICLE 3. *Le droit exclusif de la chasse et des garennes ouvertes est aboli et tout propriétaire a le droit de détruire et faire détruire, seulement sur ses possessions, toute espèce de gibier, sauf à se conformer aux lois de police qui pourront être faites relativement à la sûreté publique.* »

L'Assemblée nationale restituait ainsi au propriétaire le droit de chasse et consacrait ce principe que ce droit est une dépendance, un démembrement du droit de propriété. Notre projet consacre ce droit en l'affirmant, nul n'y peut porter atteinte, c'est le respect de la propriété.

Toutefois le droit de chasse attribué exclusivement au propriétaire comme un démembrement du droit de propriété, est soumis à des restrictions qu'impose, à l'exercice de ce droit, l'observation des lois faites pour en régler l'usage dans l'intérêt du propriétaire lui-même et de la société; ces lois ont pour but d'assurer la conservation des récoltes et la reproduction du gibier, et de prévenir les abus qu'amènerait la liberté absolue de la chasse. En vue de protéger ce double intérêt, il est nécessaire d'interdire la chasse pendant un certain temps de l'année. La première condition pour pouvoir chasser licitement, c'est donc que la chasse soit ouverte; ce principe tutélaire de l'exercice fructueux du droit de chasse ne saurait être sérieusement l'objet de contestations.

La seconde condition de l'exercice du droit de chasse est l'obligation de se pourvoir d'un permis, et cette obligation est imposée à tous ceux qui chassent, quel que soit le mode de chasse employé; cette nécessité du permis imposée à tous les modes de chasse est la conséquence logique de la définition que nous avons donnée de la chasse. On a contesté l'utilité et même la légalité de cette seconde condition de l'exercice du droit de chasse, et une proposition de loi ayant pour objet de supprimer le permis de chasse a été présentée à la Chambre des députés par M. de Guilloutet, le 24 mars 1881.

Cette proposition de loi est ainsi conçue (1) :

ART. 1er. *Le permis de chasse est supprimé. A cet effet, le paragraphe 1er art. 1er, et le paragraphe 1er, art. 9, les art. 2, 5, 6, 7 et 8 de la loi du 3 mai 1844 sont abrogés, ainsi que toutes les dispositions de la même loi résultant de l'institution du permis de chasse.*

ART. 2. *L'exercice du droit de chasse, tel qu'il résulte des décrets du 4 août 1789 et de la loi du 30 avril 1790, est soumis aux règles du droit commun.* »

Les motifs allégués à l'appui de cette suppression sont les suivants : le permis de chasse est en opposition avec les droits de la propriété et avec les principes d'égalité civile proclamés en 1789.

Ces motifs sont spécieux en la forme, mais au fond ils ne méritent pas qu'on s'arrête longtemps à les combattre ; en effet, le permis de chasse établi par la loi de 1844 a été substitué au permis de port d'armes de chasse, qui était exigé pour la chasse au fusil par le décret du 4 mai 1812 ; c'est

---

(1) V. *Officiel* du 30 mars 1881, annexe n° 3455, séance du 24 mars 1881.

donc par suite d'une erreur que l'exposé des motifs du projet du 21 mars 1881, que nous combattons, signale le permis de chasse comme une innovation de la loi de 1844, car les décrets des 11 juillet 1810 et 4 mai 1812 exigeaient, pour l'exercice du droit de chasse au fusil, la délivrance d'un permis de port d'armes et punissaient les délinquants d'une amende correctionnelle de 30 à 60 fr. et de l'emprisonnement en cas de récidive.

L'obligation de se soumettre à l'autorité du gouvernement et de demander un permis pour l'exercice du droit de chasse n'est donc point une innovation de la loi de 1844, et comment cette obligation porterait-elle atteinte au droit de propriété? Si elle paraît une restriction apportée dans une certaine mesure à un des attributs de la propriété, cette restriction n'est-elle pas justifiée par des raisons d'intérêt général et d'utilité publique assez puissantes pour la faire admettre. Les lois de 1789 et de 1790 (1), en restituant à la propriété le droit de chasse, avaient omis d'en régler l'exercice; aussi la liberté illimitée de la chasse, autorisée par cette imprévoyance, fut-elle la source d'abus sans nombre et la cause de plaintes légitimes. Cédant à la nécessité impérieuse d'assurer la sécurité publique et de réprimer le braconnage, le législateur de 1844 a dû réglementer l'exercice du droit de chasse en établissant l'obligation du permis. Mais le permis de chasse, à vrai dire, ne confère pas le droit de chasse, car ce droit, inhérent au droit de propriété, préexiste au permis; il est seulement un des modes de surveillance que la loi emploie pour assurer la police et la sûreté publique et pour prévenir les abus qui résultent nécessairement, ainsi que le démontre l'expérience, de la liberté illimitée du droit.

C'est de la loi et non de son caprice que tout citoyen doit tenir le droit de porter une arme, et le principe d'égalité dont on objecte la violation n'est point en cause; l'égalité rationnelle, l'égalité devant la loi, est celle qui consiste à lui obéir lorsque ses prescriptions ont pour objet l'ordre commun et

____

(1) Loi du 11 août 1789. Décret du 30 avril 1790.

l'intérêt général, et, en cette matière spéciale, l'égalité c'est le droit égal pour tous d'obtenir le permis de chasse ; or, les dispositions que nous présentons dans nos art. 2, 8, 9, 10 et 11 n'y portent point atteinte.

Le permis de chasse est une mesure nécessaire pour assurer la sécurité publique et entraver le braconnage ; loin de porter atteinte au droit de propriété ou au principe d'égalité, il est au contraire une garantie pour le propriétaire, un obstacle à la disparition complète du gibier, et l'expérience démontre que le jour où la suppression du permis serait accueillie, conformément au projet de M. de Guilloutet, c'en serait fait de la chasse sur la plus grande portion de notre territoire.

Art. 2, § 2. Les deux restrictions imposées par l'art. 2 au droit de chasse ne peuvent être maintenues d'une façon complète et elles doivent disparaître en faveur du propriétaire qui chasse sur ses propriétés closes et entourées d'une enceinte continue. Cette exception est fondée sur le respect de la propriété. En effet, toutes les fois qu'on constate un délit, il faut, pour obtenir une répression, qu'il y ait un moyen légal de l'établir ; or, comment pénétrer dans une propriété close sans empiéter sur le droit de propriété ? Cette considération justifie l'exception faite en faveur du propriétaire d'un terrain clos ; nous la proposons aussi étroite que possible, en exigeant la réunion de conditions multiples qui ont pour but d'en paralyser l'effet ; il est nécessaire qu'il y ait possession attenant à une habitation, clôture continue faisant obstacle à toute communication avec les héritages voisins. Ainsi restreinte et limitée à ces conditions particulières, cette exception au principe posé a pour but d'assurer l'inviolabilité du domicile, elle n'a d'autre raison d'être que cette considération qu'on ne saurait franchir le mur de la vie privée.

Art. 3. Dans la loi du 3 mai 1844, cet article était ainsi rédigé : « Les préfets détermineront, par des arrêtés publiés au moins dix jours à l'avance, l'époque de l'ouverture et celle de la clôture de la chasse dans chaque département. »

L'administration avait considéré ce texte comme impliquant pour les préfets la faculté de prolonger, même après la clôture de la chasse à tir, l'exercice de la chasse à courre, à cor et à cri. Jusqu'en 1872 cette faculté ne paraissait pas contestée et il en était toujours tenu compte dans les adjucations et dans les permissions de chasse dans les forêts domaniales; mais, par un arrêt du 16 mars 1872, la Cour de cassation ayant décidé que les préfets ne pouvaient, dans leurs arrêtés, porter atteinte au droit qui résulte pour le chasseur de la délivrance d'un permis, notamment en défendant la chasse à tir lorsque la chasse à courre, à cor et à cri est autorisée, et se refusant ainsi à reconnaître la légalité des arrêtés préfectoraux pris en ce sens, l'administration, par respect pour la décision de la Cour suprême, invita les préfets à cesser d'inscrire dans leurs arrêtés de clôture une réserve relative à la chasse à courre, à cor et à cri. Cette mesure souleva de vives réclamations et, le 19 juillet 1873, un projet de loi modifiant le texte de la loi de 1844 fut déposé en vue de permettre aux préfets de fixer des époques différentes d'ouverture et de clôture des diverses espèces de chasses. Les considérations invoquées à l'appui des réclamations appartiennent à plusieurs ordres d'idées, les unes d'intérêt privé, les autres d'intérêt général : on fit remarquer que la chasse à courre peut être prolongée sans péril pour le gibier alors que la chasse à tir est interdite; qu'elle est un exercice hygiénique, utile pour la formation de cavaliers éprouvés, en même temps qu'elle offre aux éleveurs des débouchés avantageux et stimule leurs efforts pour l'amélioration des races de cavalerie légère; qu'enfin elle est pour l'État la source de revenus importants, la location des grandes chasses de l'État mises en adjudication en vertu de la loi du 21 avril 1832 ayant atteint des prix élevés en raison même de la faculté reconnue d'y chasser à courre alors que la chasse à tir est fermée. La commission chargée d'examiner le projet de modification fut unanime pour re-

connaître que le droit pour les préfets de déterminer diverses ouvertures et diverses clôtures se justifiait pleinement,
et plusieurs de ses membres demandèrent même l'addition
d'un amendement qui consistait à prolónger la chasse à tir
en forêt ou dans les bois; mais, sur la remarque judicieuse
que, quelques semaines après l'ouverture, le gibier se réfugie
dans les bois et que la prolongation de la chasse à tir en
forêt, alors qu'elle est fermée en plaine, aurait pour résultat d'augmenter la destruction du gibier et de faciliter le
braconnage, cet amendement fut repoussé.

Le 22 janvier 1874, M. Le Royer, rapporteur du projet de
loi, faisant valoir devant la Chambre les motifs adoptés à
l'unanimité par la commission pour restituer aux préfets la
faculté, qu'ils avaient exercée depuis 1844 jusqu'en 1872,
de distinguer entre les différentes ouvertures ou fermetures
des chasses, obtint l'adoption du projet de loi qui est devenu l'art. 6, tel qu'il est inscrit aujourd'hui dans la loi de
1844.

L'attribution accordée aux préfets de déterminer par
leurs arrêtés les époques d'ouverture et de clôture des diverses espèces de chasses n'ayant entraîné aucun inconvénient, nous proposons de la maintenir; il y aurait sans
doute avantage, au point de vue de la répression des délits
de chasse en temps prohibé, à régler par la loi, d'une manière générale et uniforme, les époques d'ouverture et de
clôture des chasses; mais la différence du climat du nord au
midi de la France a créé des modes de culture essentielle-
ment divers; une fixation uniforme léserait les intérêts des
cultivateurs, et c'est aux préfets que nous laissons le soin de
concilier les exigences de la culture et les impatiences des
chasseurs ardents.

Un autre amendement avait été proposé, par M. le comte
de Béthune, au sein de la commission de 1873. Il demandait,
pour favoriser la reproduction de la perdrix, que la loi sti-
pulât deux époques de fermeture de la chasse à tir et que
la chasse de la plume fût close le 31 décembre de chaque
année. Cet amendement d'une utilité incontestable fut re-

poussé par ce double motif que les conditions locales déterminent les époques d'ouverture et de clôture, et que vouloir les réglementer d'une manière générale pour toute la France, c'est méconnaître les différences climatériques; et par ce second motif qu'il est impraticable d'empêcher la chasse de la plume alors que la chasse pour le poil serait ouverte. Nous pensons que l'idée de M. de Béthune mérite qu'on s'y arrête, et, faisant droit à la première objection, nous proposons non pas de clore au 31 décembre la chasse du gibier à plume, mais de laisser aux préfets la faculté de prononcer cette clôture avant celle du gibier à poil si l'intérêt du gibier à plume leur paraît exiger cette mesure.

Quelle objection soulève notre proposition? Actuellement les préfets n'ont-ils pas la faculté de prolonger la chasse à tir des oiseaux de passage tels que la bécasse, le vanneau ou autres et des animaux nuisibles, renards, lapins, etc.? Quel inconvénient en résulte-t-il?

En conférant cette faculté aux préfets pour chaque département, nous échappons aux objections climatériques faites à la proposition de M. de Béthune, et, quant à la répression des délits de chasse en temps prohibé, les mesures que nous proposons dans les articles qui suivent sont suffisantes pour en garantir l'efficacité. Le colportage et l'expédition du gibier à plume ne seront plus possibles dans les départements où cette chasse sera fermée.

Notre proposition offrirait, au contraire, les plus grands avantages au point de vue de la reproduction de la perdrix. Chacun sait que dès le mois de janvier les perdrix commencent à s'accoupler, à former pariade, comme on dit en terme de chasse, et alors elles semblent oublier toute prudence; elles se laissent facilement approcher, tiennent bien l'arrêt et chasseurs et braconniers en détruisent beaucoup. Dans l'intérêt de la chasse on devrait interdire la chasse des perdrix aussitôt qu'elles cessent d'être en compagnie; tel est l'avis des maîtres en matière de chasse.

Nous pensons que la loi ferait sagement en autorisant les préfets à user de cette prévoyance qui favoriserait singulièrement la reproduction de la perdrix, et notre projet répond suffisamment aux objections opposées en 1873 à M. de Béthune pour espérer que son amendement, repris et modifié par nous, sera définitivement adopté.

Art. 4. Nous entrons au cœur même de notre sujet et notre projet formulé en l'art. 4 nous paraît particulièrement répondre au programme qui nous est tracé; il traite de la détention dans les lieux publics du gibier vivant ou mort ou du gibier cuit en conserves ou en pâtés et de la mise en ventes des dites conserves.

Un adage souvent répété au palais : *Pas de recéleurs, pas de voleurs,* reçoit en notre matière une application particulière, et l'on peut dire ici, plus que partout ailleurs : *Sans recéleurs, pas de braconniers.* Ainsi que l'a fait remarquer judicieusement le rapporteur de la commission chargée d'examiner le projet Chavoix (1), la diminution du gibier en France se produit en raison même du développement de la richesse publique. Autrefois le braconnier conservait son gibier et, s'il le vendait quelquefois, le prix de vente compensait à peine le temps perdu, les fatigues et les risques; aujourd'hui, la rapidité des communications, l'augmentation de l'aisance et du bien-être ont accru le prix du gibier et ont donné au braconnier un appât lucratif, sollicité qu'il est dans son industrie frauduleuse par des spéculateurs et des sociétés occultes dont les commandes nombreuses et largement rétribuées assurent son existence, alimentent son activité et encouragent ses exploits.

Déjà, en 1844, la prohibition de la vente du gibier était réclamée par les conseils généraux comme une conséquence nécessaire de la disposition qui interdit la chasse pendant un certain temps, et on fit bon marché de l'objection qui combattait cette proposition comme constituant une entrave à l'exercice légitime du droit de propriété. Aujourd'hui que l'exercice de la chasse est si gravement menacé, cette prohi-

---

(1) *Journal officiel* du 29 juin 1881.

bition s'impose, et il est plus que jamais nécessaire de la maintenir et de l'étendre. Toutefois, d'après notre projet, elle ne commence que trois jours après la clôture de la chasse et elle n'est levée que le jour de l'ouverture, à midi. Cette innovation nous paraît utile : elle a pour but de per-mettre aux chasseurs de disposer du gibier tué le jour de la clôture et aux marchands d'écouler leurs provisions. Nous l'empruntons à la loi belge de 1882, ainsi que celle qui prohibe la vente et le corportage le jour de l'ouverture, avant midi. Cette disposition a pour but de prévenir ces envois considérables de gibier qui, le jour de l'ouverture, dès six heures du matin, inondent les halles et marchés; leur provenance frauduleuse est certaine : en ne leur donnant droit de cité qu'à partir de midi, nous les obligeons à prendre au moins l'apparence de la légalité.

La loi de 1844 comprenant que, pour éteindre le braconnage, il faut que l'interdiction du transport du gibier en temps prohibé soit absolue, a édicté cette probibition pour tout gibier, quelle qu'en soit l'origine (1). Elle interdit en temps prohibé la mise en vente, la vente, le transport, le colportage du gibier et aussi l'achat, et bien que cette dernière prohibition ait donné lieu à une discussion des plus vives, nous ne pouvons que nous associer aux motifs qui l'ont inspirée.

Il nous paraît curieux de reproduire (2) les paroles acerbes avec lesquelles un député, M. Maurat-Ballange, luttait contre la distinction que le projet du gouvernement établissait entre le vendeur et l'acheteur. « *Pourquoi, disait-il, une pareille dérogation aux principes du droit commun? Eh! mon Dieu, il est facile de le dire, on ne veut pas que certaines tables puissent être privées de venaison pendant une partie de l'année. Ainsi, tandis qu'un malheureux paysan, poussé par les offres considérables qu'on lui fait, sera poursuivi pour avoir vendu une pièce de gibier qu'il aurait pris dans le buisson de son jardin,*

---

(1) Circulaire du garde des sceaux du 10 mai 1844.
(2) Chambre des députés, séance du 9 février 1844.

le procureur du roi, qui l'a fait acheter, ce procureur du roi qui poursuit, pourra l'offrir sur sa table aux juges qui doivent prononcer la condamnation, et se rire ainsi avec eux, entre deux vins, de la misère publique. »

Eh bien, je dis qu'une pareille loi est profondément immorale. Vous pouvez la faire, mais vous ne pouvez pas obtenir le respect pour elle des consciences qu'elle doit blesser. »

La Chambre de 1844, séduite par l'argumentation irrésistible du député Maurat-Bellange, ne fit pas cette loi immorale : elle frappa de la même peine le vendeur et l'acheteur ; nous partageons cette appréciation, et notre projet reproduit l'art. 4 dans sa première partie, interdisant d'une façon complète la vente et l'achat, le transport et le trafic du gibier en temps prohibé. Le vendeur et l'acheteur illicites ou, si l'on préfère, le vendeur et le consommateur pourront être poursuivis chacun pour le même fait ; ce seront deux infractions différentes, toutes deux punissables.

Mais nous proposons d'aller plus loin que ne le fit la loi de 1844 et d'interdire aux marchands de comestibles, traiteurs et aubergistes, le droit de détenir du gibier vivant, soit chez eux, soit hors de leur domicile. Il est important, en effet, d'empêcher la vente du gibier en temps prohibé, sous quelque forme qu'elle se produise ; or, sans cette disposition les traiteurs éluderaient la loi, car il leur serait facile de prétendre que le gibier offert aux consommateurs provient de leurs volières, et quelques pièces vivantes entretenues avec soin serviraient d'étiquette et couvriraient la vente du gibier frauduleux. Cette disposition est empruntée à la loi belge de 1882 ; elle a été fort bien accueillie en Belgique et nous estimons qu'elle est un complément nécessaire aux mesures sollicitées contre les restaurateurs, en les empêchant de faire soit par eux-mêmes, soit par des personnes interposées, le trafic du gibier en temps prohibé.

La loi de 1844 a cru faire assez en interdisant la mise en vente, l'achat, le colportage ; mais l'expérience a démontré que les mesures de répression autorisées par la loi étaient insuffisantes, car si le gibier n'est pas présenté sur le marché, le braconnier le porte dans les endroits où il a la certitude de trouver des acheteurs, chez les restaurateurs, où des annonces séduisantes attirent le gourmet.

Les restaurants, les maîtres d'hôtel, les aubergistes sont de ceux qui favorisent le plus le braconnage : c'est contre eux qu'il faut sévir et aussi contre les fabricants de conserves, qui ne se gênent guère pour en fabriquer en tout temps. Dorénavant, ils seront tenus de faire timbrer toutes les conserves par la régie dans les dix jours qui suivent la clôture de la chasse.

Les modifications ainsi introduites par cet article nous paraissent répondre au programme qui nous est tracé, et nous nous proposons d'en assurer par des peines sévères la rigoureuse exécution.

L'utilité des dispositions que nous proposons relativement aux conserves de gibier est démontrée d'une façon péremptoire par un arrêt récent de la Cour de Paris intervenu dans les circonstances suivantes :

Le 9 mars 1882, le commissaire de police de la ville de Reims saisissait chez un certain nombre de charcutiers de cette ville des terrines contenant un mélange de viandes de porc, de veau et de lièvre, et portant l'étiquette « Pâté de lièvre ».

Traduits devant le tribunal correctionnel, par application de l'art. 12 de la loi du 3 mai 1844, les sieurs Ambroise et Robert furent condamnés chacun à 50 fr. d'amende par jugement du tribunal de Reims en date du 22 mars 1882, dont le dispositif en ce qui concerne le sieur Robert était ainsi conçu :

Le tribunal, « attendu que Robert prétend qu'il ne saurait » tomber sous l'application de l'art. 12, § 4, de la loi du » 3 mai 1844 :

» 1° Parce que les lièvres qui ont servi à faire les pâtés » saisis auraient été tués et achetés par lui antérieurement » au 15 janvier 1882, époque de la fermeture de la chasse » dans l'arrondissement de Reims ;

» 2° Parce que ces animaux ayant perdu leur forme natu-

» relle, ne constitueraient plus un gibier proprement dit ;

» Attendu que la loi, pour enlever aux braconniers la pos-
» sibilité de trouver des recéleurs, a interdit d'une manière
» formelle, en temps de chasse prohibée, la mise en vente,
» la vente, l'achat, le transport et le colportage du gibier ;
» qu'elle ne fait aucune distinction à l'égard de celui qui
» aurait pu être tué en temps permis ; qu'en outre, il importe
» peu d'examiner si le gibier mis en vente, vendu, acheté,
» transporté ou colporté présente encore ou non sa forme
» primitive.

» Par ces motifs, condamne Robert en 50 fr. d'amende,
» valide la saisie et, vu les dispositions de l'art. 4 de ladite
» loi, ordonne que les terrines saisies soient livrées aux
» hospices de la ville de Reims. »

Sur les appels des sieurs Robert et Ambroise, la Cour a
rendu, contrairement aux conclusions de M. Bernard,
substitut de M. le procureur général, des arrêts infirma-
tifs dont nous ne reproduisons que celui concernant le
sieur Robert, la Cour ayant statué dans des termes iden-
tiques sur l'appel du sieur Ambroise :

» La Cour,

» Considérant que le composé de viandes comestibles
» saisi le 9 mars 1882, à Reims, dans la boutique de Robert,
» et mis en vente par ce dernier sous l'étiquette « Pâté de
» lièvre », était renfermé dans des terrines en faïence her-
» métiquement bouchées et non dans une pâte pénétrable
» à l'air libre et accessible à l'action des fermentations ;

» Qu'en cet état ce composé constituait une préparation
» comestible connue dans les usages du commerce sous le
» nom de conserve et non un gibier dans les termes et dans
» l'esprit de l'art. 4 de la loi du 3 mai 1844 ;

» Qu'en effet, ce même article dispose qu'en cas d'infrac-
» tion à l'interdiction de mise en vente de gibier pendant
» le temps où la chasse n'est pas permise, le gibier doit
» être saisi et, avant jugement, livré immédiatement à l'éta-
» blissement de bienfaisance le plus voisin ;

» Que cette disposition, exceptionnelle en matière de con-

» fiscation et d'un effet irrévocable, n'a eu en vue que le
» gibier même, exposé à se corrompre, et non ces prépa-
» rations comestibles dans lesquelles les viandes sont assai-
» sonnées, mélangées et dénaturées pour être conservées
» dans le but de satisfaire aux besoins divers des consom-
» mations publiques, qui ne sont plus un gibier saisissable ;

» Que, si Robert a eu le tort de le mettre en vente sous le
» nom de « Pâté de lièvre », le tribunal de Reims, en validant
» la saisie des terrines dont s'agit et en lui faisant l'appli-
» cation des sanctions pénales contenues dans l'art. 12 de
» la loi susvisée, a méconnu le sens et la portée de l'art. 4
» de ladite loi ;

» Par ces motifs, reçoit Robert appelant du jugement en
» date du 22 mars 1882 ; infirme le jugement dont est appel ;
» décharge Robert des condamnations prononcées contre
» lui, le renvoie des fins de sa demande, sans dépens. »

Le tribunal de Reims, dont le jugement est ainsi infirmé
par la Cour de Paris, a fait une fausse application de la loi ;
il s'est érigé en législateur ou plutôt il a cru voir dans les
dispositions de l'art. 4 une prohibition qui devrait y être,
mais qui ne s'y trouve pas, et la Cour, rétablissant les principes tels qu'ils résultent de la loi de 1844, a, par son arrêt,
reconnu aux marchands de comestibles le droit de vendre en
temps prohibé des conserves de gibier. Il est urgent de faire
en sorte que le jugement du tribunal de Reims puisse à
l'avenir, et avec une loi nouvelle, recevoir de nombreuses
applications.

Qui ne voit, en effet, que cet arrêt, fondé en droit, est un
encouragement pour le braconnier, qui peut impunément
tirer profit de ses fraudes, puisqu'il suffit de réduire en chair
à pâté le gibier frauduleux pour en rendre la vente licite et
échapper aux poursuites qui atteignent la vente du gibier
en temps prohibé. Puisse cette décision de la Cour de Paris
nous venir en aide pour hâter l'adoption des mesures répres-
sives que nous sollicitons dans les dispositions de notre
art. 4 !

Art. 5. Le projet de loi présenté le 11 juin 1881 (1) s'est borné à reproduire l'art. 4 de la loi de 1844 et les diverses modifications que nous proposons lui ont échappé ; l'attention des rédacteurs de ce projet paraît s'être principalement concentrée sur le colportage et la vente du gibier en temps de chasse ouverte, et ils ont proposé de soumettre à l'opération du plombage le gibier destiné aux expéditions.

L'art. 5 de ce projet est ainsi conçu : « En temps de chasse ouverte, il est permis de circuler avec du gibier. Mais du moment où le gibier devra être expédié par voitures publiques ou chemin de fer, du moment où il est colporté, transporté, mis à l'étalage et destiné à être vendu, il devra porter à la patte droite une bande de plomb scellée portant la date et le nom du pays où il a été tué.

Le garde champêtre ou, en son absence, un conseiller délégué par le sous-préfet sera chargé dans chaque commune d'appliquer le timbre, qui lui sera confié, et de percevoir une taxe qui sera fixée par l'administration supérieure dans un règlement complet sur la matière. Le produit en sera partagé également entre la commune et le timbreur.

En outre, le garde délégué devra s'assurer si les déclarations qui lui seront faites sont exactes, si le gibier a été tué dans les conditions voulues par la loi. Après constatation, s'il y a délit, il verbalisera et saisira le gibier.

Il tiendra un registre des noms et domiciles des déclarants, ainsi que du nombre et des espèces de gibier qu'il aura plombés à chaque individu.

Tout en reconnaissant l'utile réforme que renferme cet article, nous ne pouvons nous empêcher d'en critiquer les dispositions singulières. Avis aux conseillers municipaux besoigneux en quête d'une position sociale lucrative. De quelles sollicitations seront importunés les sous-préfets dispensateurs de ces importantes fonctions de conseiller municipal délégué au timbre du gibier de chasse !

C'est ignorer l'esprit et les habitudes des habitants de la

---

(1) V. *Officiel*, séance du 16 juin 1881.

campagne que de croire qu'un garde champêtre ou un conseiller municipal acceptera comme un devoir sérieux l'obligation d'imposer un plombage à la patte de chaque pièce de gibier qui lui sera présentée. Dans la plupart des communes les fonctions de conseiller municipal sont confiées à des cultivateurs dont les travaux de culture absorbent les instants : faudra-t-il donc, chaque fois qu'un chasseur heureux voudra offrir à un ami un témoignage de son adresse, requérir les autorités de la commune de plomber la perdrix ou le lièvre destinés à une table lointaine? C'est, en vérité, pour bien peu de chose distraire de ses occupations le magistrat d'une commune.

Et puis ce plombage arrêtera-t-il le braconnier? *That is the question*, comme disent nos voisins d'outre-Manche, et, si cette question était résolue, nous ferions bon marché de nos critiques. Mais le braconnier se procurera des plombages de rechange, il plombera lui-même son gibier et l'expédiera; le gibier ainsi plombé échappera à la surveillance des agents, car ces derniers, voyant le plombage, se garderont bien de le suspecter, et le tour sera joué. De même à l'étalage : le gibier une fois vendu, le marchand retirera le plomb, et avec ce même plomb les perdreaux frauduleux tenus en réserve dans la cave auront l'un après l'autre les honneurs du plombage et revêtiront à tour de rôle la garantie illusoire réclamée par l'art. 5 du projet.

Si nous admettons un instant la fraude découverte, le gibier sera saisi; mais connaîtrez-vous le nom du braconnier qui l'aura pris par des moyens illicites et pourrez-vous le poursuivre? Pour une fois sur cent que vous constaterez la fraude vous ne pourrez poursuivre le délinquant, le braconnier et les expéditeurs vous échapperont.

Le moyen proposé nous paraît puéril et inefficace, et nous lui opposons un système plus simple que nous formulons dans l'art. 5 de notre projet, et qui consiste à soumettre les expéditions de gibier à la formalité d'un laissez-passer semblable à celui qui est exigé pour les boissons. Dans les communes sont établis des receveurs buralistes représen-

tants de la régie; il est facile de leur confier un registre à
souche destiné à enregistrer les expéditions de gibier moyennant un droit fixé de 0.10, 0.15 ou 0.20 cent., selon la
somme que l'administration de la régie croira devoir fixer.

Par exemple, le receveur délivrera un permis de circulation ainsi libellé : « *Laissez passer telles quantités et espèces de
gibier que N   (nom, prénoms, profession, domicile) déclare avoir tué le   et expédier le
à M.   (nom, prénoms, profession,
domicile.)*

L'avantage de notre disposition est manifeste : elle est peu
coûteuse, elle ne crée pas de fonctions nouvelles, puisque
d'après l'art. 23 de la loi du 3 mai 1844, interprétée par la
circulaire du directeur du 25 juin 1844, les employés des
contributions indirectes sont appelés, concurremment avec
les employés de l'octroi, à constater, dans la limite de leurs
attributions respectives, les délits de colportage prévus par
l'art. 4; elle n'est point [gênante pour le chasseur, qui
pourra même, s'il ne craint pas de braver la recommandation
du fabuliste *en vendant la peau du lièvre avant de l'avoir
tué*, se munir à l'avance de plusieurs laissez-passer dont il
se servira au fur et à mesure des expéditions qu'il voudra
faire. Notre disposition, enfin, est très-efficace pour la répression des délits, parce que le nom de l'expéditeur et du
destinataire fourniront, en cas de poursuite, des délinquants
responsables; parce que le nombre des expéditions, leur
date, leur importance pourront éveiller l'attention des gardes et permettre aux agents de l'autorité de retrouver la
trace des délits et d'en déférer avec certitude les auteurs
aux tribunaux. Lorsqu'un magistrat a entre les mains le
corps du délit et qu'il en connaît ou l'auteur ou les complices, la répression devient certaine, et nous sommes convaincus que les véritables chasseurs, les chasseurs vraiment
dignes de ce nom, applaudiront à cette disposition; ils ou-
blieront les ennuis que leur causera quelquefois l'obligation
du laissez-passer pour leurs expéditions de gibier, lorsqu'ils
songeront que cette formalité peut amener à la barre des

tribunaux nombre de braconniers et de marchands de comestibles qui, au mépris des lois, leur font une si rude et si déloyale concurrence.

Il est nécessaire de soumettre à la même formalité l'entrée en France du gibier étranger, afin de permettre, en cas de fraude, d'exercer des poursuites.

L'importation du gibier en France est considérable; en 1879 elle s'élevait, seulement pour l'Angleterre, l'Allemagne et l'Italie, à plus de 10 millions; depuis 1879 ce chiffre a été largement dépassé. Or, ainsi qu'on le faisait plaisamment remarquer à la Chambre en 1844, il est difficile, pour ne pas dire impossible, de reconnaître la nationalité du gibier.

Le 30 juin 1844, le directeur des douanes a donné à ses agents des instructions précises sur les mesures qu'ils ont à prendre pour l'exécution des dispositions de l'art. 4 de la loi de 1844. Aux termes de ces instructions, l'interdiction du colportage en temps prohibé a pour conséquence de constituer une prohibition périodique et temporaire de l'importation du gibier étranger, et le gibier suit, à l'entrée en France et à la circulation dans le rayon frontière, le régime du prohibé.

D'après les dispositions de notre article, la surveillance des agents devra s'exercer de même en temps de chasse ouverte, et une instruction spéciale du directeur des douanes confirmant et étendant celle du 9 juin 1844 assurera l'accomplissement des formalités que nous prescrivons.

Art. 6. Pour assurer l'exécution des dispositions contenues dans nos art. 4 et 5, l'art. 6 reproduit la confiscation et la saisie autorisées par la loi de 1844; ces modes de répression ont d'ailleurs été empruntés au Code de la pêche fluviale, qui statue d'une façon analogue à l'égard du poisson saisi.

Dans la pensée de notre article, tel que nous le présentons, il faut entendre par marchands tous ceux qui se livrent au commerce des denrées alimentaires, les colporteurs nomades comme les boutiquiers, et nous autorisons les vi-

sites domiciliaires et les saisies chez tous les détenteurs,
dans la hotte ou la charrette, au fond de la cave ou dans
l'armoire du recéleur, partout en un mot où le gibier est
déposé en attendant qu'il soit livré au commerce.

Notre projet sera, nous le pensons bien, l'objet de critiques :
on nous fera les reproches qui furent adressés, en 1844,
au sujet de la discussion de l'art. 4, et on nous dira que
les recherches ou saisies à domicile sont des mesures d'inquisition vexatoire et que les faits réprimés ne sont pas assez
graves pour sacrifier le principe tutélaire de l'inviolabilité
du domicile. Nous répondrons que notre but est de réprimer
le braconnage et que la loi ne sera bien faite qu'autant que,
par des moyens licites, elle atteindra ce résultat. Or, le seul
moyen de réprimer le braconnage, c'est d'empêcher la
vente du gibier frauduleux.

« *Est-ce donc une inquisition odieuse que d'entrer chez l'au-*
» *bergiste qui étale son gibier derrière les carreaux de sa fenê-*
» *tre? Est-ce faire une visite domiciliaire que d'inspecter la*
» *voiture publique qui transporte le gibier acheté sur la route?*
» *Est-ce violer les lois protectrices du domicile que d'entrer dans*
» *ces lieux de dépôt, où le gibier attend les acheteurs, et de les*
» *prendre pour complices d'un acte qualifié délit par la loi?* »

Ainsi s'exprimait M. de La Plesse (1) en sollicitant la perquisition et la saisie comme le complément nécessaire et
indispensable d'une sanction sans laquelle la loi demeurerait
sans force.

Il ne s'agit pas de perquisitions au domicile privé des citoyens pour rechercher quelle est la nature des provisions
destinées à leur table, ce serait dépasser le but à atteindre ;
mais il est nécessaire d'enlever à ceux qui font commerce
de gibier le moyen d'éluder les prohibitions de la loi. Nous
pensons que tout local qui leur a été loué ou prêté pour
exercer leur coupable industrie fait partie en quelque sorte
de leur domicile et nous y autorisons des perquisitions. S'a-

---

(1) *Moniteur* du 13 février 1844.

git-il, au contraire, d'un local où le marchand a un dépôt, nous estimons que le dépositaire du marchand devient son complice, et il est naturel que les agents puissent s'introduire à son domicile pour la répression d'un délit pour lequel les dépositaires sont punissables, puisque la loi leur défend, dans l'art. 4, de détenir du gibier pour le commerce d'autrui.

Soyons inflexibles pour quiconque porte la main sur le gibier prohibé : vendeurs, acheteurs, détenteurs, tous ont un titre égal à la sévérité des répressions; n'en laissons pas échapper un seul; c'est une bonne et louable action que de frapper ces acheteurs hardis, ces aubergistes avides qui font vanité de se jouer des règlements.

Aᴙᴛ. 7. L'article 7 a pour but de réprimer l'un des abus les plus nuisibles à la reproduction du gibier, et cependant des plus fréquents dans les campagnes : la destruction des portées et des nids.

La loi de 1844 n'a accordé protection qu'aux couvées de faisans, cailles et perdrix, par ce motif que la destruction des petits de toute espèce de gibier ne peut avoir lieu en temps prohibé sans entraîner les peines portées contre le délit de chasse. En droit, l'idée est juste; mais, en fait, elle n'est point exacte. Les gardes hésitent à verbaliser contre ceux qu'ils surprennent dénichant des nids, prenant des petits lièvres et de petites cailles ou de jeunes perdreaux; c'est pour les élever, disent les délinquants, et comme la loi ne prévoit pas le fait d'une façon spéciale, une tolérance regrettable s'est établie. Un texte précis comme celui que nous proposons est utile pour rétablir le principe oublié que la destruction sur le terrain d'autrui de toute espèce de gibier de plumes ou de poil constitue un délit de chasse, et que ceux-là seuls sont exceptés qui sont classés comme animaux nuisibles dans les arrêtés préfectoraux. Et cette prohibition nous paraît si nécessaire que nous la maintenons en tout temps. Quel est le chasseur qui prendra plaisir à détruire une portée de lièvres, une rabouillère de lapins, une nitée de perdreaux ou de cailles? Ces destructions, lorsqu'elles se produisent, sont l'œuvre des maraudeurs, qu'il est bon de poursuivre et de frapper sans ménagements; il s'agit à la fois de préserver la reproduction du gibier et de faire respecter le droit de propriété, et nous pensons que sur ce point la loi de 1844 était insuffisante, au moins dans son application. Nous aurions voulu étendre cette prohibition au propriétaire lui-même, sur son propre terrain, comme on le proposa en 1844. On faisait remarquer que détruire des portées ou des œufs sur son propre terrain, les transporter lorsqu'ils ont été soumis à l'incubation est aussi contraire à la propagation de l'espèce que de les prendre sur le terrain d'autrui. On invoquait l'ordonnance de 1667, art. 8, titre 30, qui défendait d'une manière absolue « *à toutes personnes de* » *prendre en tout lieu les œufs de cailles, perdrix, faisans; on* » *citait* un arrêt de la Table de marbre à Paris, du 17 avril » 1674, qui défendait *de vendre ou d'acheter des œufs de per-* » *drix ou de faisans, même pour les faire couver, à moins qu'il* » *n'apparût par un acte en bonne forme qu'ils avaient été ache-* » *tés en pays étranger.* »

Nous pensons que l'intérêt du propriétaire lui-même le garantit suffisamment contre cette destruction dont il serait l'auteur, et qu'il est important de lui laisser le droit de faire recueillir les œufs et couvées que ses faucheurs mettent à découvert et de favoriser l'incubation et la reproduction.

L'intérêt même de la conservation du gibier exige que dans ces conditions le transport et l'achat des œufs soit autorisé; beaucoup d'habitants des campagnes recueillent des œufs pour les vendre; c'est un commerce licite qui concourt au but que la loi se propose en donnant aux propriétaires le moyen de repeupler leurs terres; il serait fâcheux de l'interdire et nous devons le favoriser tout au contraire, à la condition d'empêcher le glanage des œufs et couvées sur le terrain d'autrui.

L'interdiction de vente, d'achat et de transport du gibier vivant peut être levée pendant la fermeture de la chasse par le ministre de l'intérieur, mais seulement pour le repeuplement et dans les conditions qui seront déterminées dans un règlement spécial à intervenir sur la matière.

Nous devons faire remarquer, comme conséquence des dispositions de nos articles 4, 5 et 6, que la prohibition de la vente et du transport du gibier est subordonnée à toutes les variations que subit la clôture ou l'ouverture des diverses espèces de chasses, dont la fixation est laissée à l'initiative des préfets. Ainsi, le chasseur qui chasse légitimement telle espèce de gibier dans tel département, ne peut l'expédier dans tel autre où la chasse du gibier qu'il tue est prohibée sans être en délit et constituer les porteurs du gibier mort ou vif en contravention à la loi.

C'est, ainsi que le font remarquer MM. Gillon et Villepin, dans leur savant ouvrage : *Nouveau Code des chasses*, une sorte de statut réel pour le gibier comme pour le chasseur ; le privilège dont ils jouissent ne les suit pas en quelque lieu qu'ils aillent, comme s'il s'agissait d'un statut personnel.

Art. 8. Nous avons confié au préfet et au sous-préfet, conformément à la loi de 1844, article 5, le soin de délivrér le permis de chasse. La loi de 1844 confiait cette faculté aux préfets seuls, mais une circulaire du ministre de l'intérieur, du 1er février 1860, ayant attribué aux sous-préfets le droit de délivrer les permis, en faisant précéder leur signature de ces mots : « Pour le préfet et par autorisation », nous ne faisons que maintenir un droit consacré par la pratique. Le projet de la commission de 1881 donnait en outre à ces fonctionnaires le droit d'exiger, quand ils le jugeraient convenable, un extrait du casier judiciaire ; nous avons rendu obligatoire pour toute demande de permis la production de cette pièce et nous exigeons que le procureur de la République, en apposant son visa, y consigne également son avis.

Les permis de chasse devant être refusés aux individus frappés de certaines condamnations, la production du B. 2 est nécessaire pour démontrer que l'impétrant n'a point encouru de condamnation le rendant indigne d'obtenir le permis ; mais en outre les condamnations ne sont inscrites au casier que longtemps après le jugement qui les prononce ; de sorte que si un condamné, aussitôt après sa condamnation, formule sa demande de permis, et que, comme cela se présente fréquemment, le maire de la résidence ignore cette condamnation encourue je suppose dans l'arrondissement de son domicile, le préfet, sur l'avis conforme du maire, pourra délivrer le permis.

L'intervention du procureur de la République évitera cette erreur regrettable et ce sera pour les magistrats du parquet une bien courte besogne ; en effet, ils sont tenus sur chaque B. 2 délivré par le greffe d'apposer leur visa : il leur sera facile de s'assurer que l'impétrant n'a pas subi de condamnations récentes non encore portées au casier ; la simple mention que les B. 2 qu'ils visent sont fournis pour l'obtention d'un permis de chasse, suffirait pour leur permettre de faire rapidement et pour ainsi dire de mémoire cette vérification. Cette innovation aurait, suivant nous, dans la pratique une incontestable utilité.

Nous aurions voulu dans cet article imposer à l'impétrant l'obligation de justifier de sa qualité de propriétaire foncier ou de produire une autorisation de chasse sur le terrain d'autrui ; et cette idée est en elle-même logique et rationnelle, puisque le droit de chasse est inhérent au droit de propriété ; d'où il suit qu'accorder un permis de chasse à celui qui n'est point propriétaire et qui ne justifie pas d'un droit de chasse, c'est tout simplement lui permettre de chasser sur autrui, ce qu'il n'a pas le droit de faire, et l'autoriser en somme à commettre un délit. Ces considérations ont une valeur indiscutable, et c'est ainsi que, pendant le cours des sessions de 1865 et de 1867, M. de Saint-Germain, au sujet de nombreuses pétitions, se demandait *« s'il ne convenait pas de réglementer l'exercice du droit de chasse eu égard à l'étendue des propriétés, car ce droit, qui dérive uniquement du principe même de la propriété, ne peut et ne doit être, en fait, sérieusement attribué qu'à ceux dont les parcelles comportent, par leur contenance, une pratique présumée suffisante de la chasse »*. Mais nous hésitons à proposer cette restriction et nous croyons en toute sincérité qu'une proposition qui restreindrait aux seuls propriétaires la faculté d'obtenir un permis aurait peu de chances de recueillir les suffrages de nos représentants, que préoccupe surtout la pensée de faire des lois démocratiques et égalitaires.

Ne faudrait-il pas, d'ailleurs, fixer une limite à l'importance de la propriété? Or, quelle serait cette limite?

Mesurer le droit de chasse à l'étendue du domaine privé, ce serait le supprimer dans la plupart des cas et ainsi heurter de front les principes qui assurent l'inviolabilité de la propriété.

Si, au contraire, l'étendue du domaine ne limite point l'exercice du droit de chasse, la garantie devient illusoire, car, ainsi que le faisait remarquer en 1844 M. Frank-Carré dans son rapport, il appartiendrait au propriétaire de quelques parcelles de terre, en accordant des permissions à cent personnes, de leur conférer le moyen de faire la justification prescrite.

La restriction du droit de permis basée sur l'obligation de produire la justification d'un droit de propriété ou de chasse ne nous paraît donc pas admissible, et c'est par d'autres moyens que le législateur doit veiller à la conservation des exercices cynégétiques.

ART. 8, § 2. Un fait que tous les chasseurs constatent et qui s'impose avec une déplorable évidence, c'est la diminution du gibier, diminution s'accentuant chaque année dans des conditions telles qu'il ne paraît plus exagéré d'en prévoir à bref délai la disparition totale.

Or, quel moyen a-t-on proposé pour arrêter cette destruction, qui, on le reconnaît, produirait des effets désastreux soit au point de vue de l'intérêt général, soit au point de vue de l'intérêt privé?

Plusieurs propositions de loi ont été faites et, à la séance du 12 juillet 1879, une commission déposait un rapport sur le projet présenté à la Chambre, en 1878, par M. Chavoix. L'économie de ce projet consiste à supprimer le permis de chasse pour le remplacer par une redevance de 3 fr. par an

pour un fusil double et de 1 fr. 50 pour un fusil simple; la
quittance de la somme versée à la caisse du percepteur sur
la déclaration des citoyens leur tiendra lieu de permis. Ceux
qui voudront chasser avec des procédés autres que le fusil
devront payer un droit fixe de 5 fr. par an.

Qu'a fait la commission en présence de ce projet? Elle l'a
pris en considération en développant ce motif que la loi de
1844 est une loi antilibérale peu conforme aux institutions
actuelles, et qu'il est bon de la réviser dans un sens plus
large et plus démocratique. En un mot, le gibier diminue,
augmentons le nombre des chasseurs, donnons au petit propriétaire, au petit fermier le droit de chasser à bon compte :
nous arriverons ainsi à protéger le gibier en rendant inutile
le braconnage, tel est le singulier langage tenu par M. le
député Varchalde au nom de la commission d'initiative parlementaire.

Heureusement qu'au sein de cette commission il s'est ren-
contré quelques chasseurs, et le rapporteur termine par cette
phrase rassurante : « *Quelques membres ont pensé qu'un impôt*
» *modique sur le fusil équivaudrait au droit illimité de chasse*
» *pour tous les citoyens et pourrait entraîner quelques abus;*
» *que peut-être l'abaissement du permis atteindrait plus faci-*
» *lement le résultat désiré. Tout en réservant à la commission*
» *spéciale l'étude des moyens à employer, elle a approuvé le but*
» *de la proposition, c'est-à-dire la révision dans un sens libéral*
» *et démocratique de la loi de 1844.* »

Somme toute, de l'aveu de son rapporteur, la commission
n'est pas fixée sur les moyens à employer ; elle reconnaît
même que les moyens qu'elle propose produiraient quelques
abus; mais bah! quelques abus! il y en a tant aujourd'hui.
Pourvu que les projets de loi soient libéraux et démocratiques tout est bien, les mots figurent au rapport plusieurs
fois répétés : la chasse, le gibier, nous ne sommes pas bien
d'accord, mais libéralisme, démocratie : nous y sommes —
plaudite cives, — et, en effet, on applaudit souvent sans
comprendre.

L'idée de l'abaissement du permis, exprimée dans le sein

de la commission de 1879 comme un moyen terme, n'eut pas de succès et, le 21 mars 1881, M. de Guilloutet déposa une proposition de loi ayant pour objet de supprimer le permis de chasse et de laisser l'exercice du droit de chasse, tel qu'il résulte du décret du 4 août 1789 et de la loi du 30 avril 1790, soumis aux règles du droit commun.

Ces décrets, dont nous avons déjà parlé au cours de cette étude, ont conféré au propriétaire le droit de détruire toute espèce de gibier en se conformant aux lois de police qui pourront être faites relativement à la sûreté publique, mais seulement sur ses possessions et non sur le terrain d'autrui où la chasse est prohibée.

Tel est, en quelques mots, le régime du droit commun auquel M. de Guilloutet propose de soumettre l'exercice du droit de chasse.

Enfin, le 11 juillet 1881, M. Labitte, président de la commission chargée d'examiner les projets Chavoix et Guilloutet, déposa un troisième projet contenant une révision générale de la loi de 1844. Ce projet, dont nous avons déjà signalé et critiqué certains articles, est précédé d'un rapport clair et méthodique à la science duquel nous sommes heureux de rendre hommage, où l'ampleur de la pensée large et généreuse ne le cède en rien aux connaissances cynégétiques qu'il révèle chez son auteur.

Lui aussi, M. Labitte, il le proclame à la fin de son rapport, a fait une part aux besoins d'égalité qui dominent à notre époque; c'est pour répondre à ce prétendu besoin d'égalité que son projet abaisse à 10 fr. le montant du permis de chasse, dont 5 fr. pour l'Etat et 5 fr. au profit de la commune.

Nous voici donc en présence de trois projets : projet Chavoix, qui supprime le permis et le remplace par un droit fixe établi sur le fusil de chasse; projet Guilloutet, qui supprime purement et simplement le permis de chasse; projet Labitte, qui maintient le permis et en abaisse le prix à 10 fr.

Nous proposons, de notre côté, d'élever à 50 fr. le prix du permis, en doublant les chiffres portés à l'art. 5 de la loi de 1844; il nous reste à combattre les projets adverses et à édifier notre système sur les arguments détruits de nos adversaires.

Il nous sera facile d'obtenir gain de cause devant l'opinion publique et devant les éminents jurisconsultes à qui nous soumettons avec confiance notre étude, car depuis 1878, date du dépôt de la proposition Chavoix, il s'est formé de toutes parts un grand courant d'opinion, et de nombreuses protestations des chasseurs alarmés se sont élevées pour la combattre.

Le principal objet traité par les pétitionnaires est le prix du permis de chasse ou sa suppression, et la pétition contre la proposition Chavoix a réuni plus de 16.600 signatures; elle en eût recueilli bien davantage si elle eût eu une plus grande publicité.

Les pétitionnaires, en quelques mots concluants et d'une portée irrésistible, signalent que l'impôt sur les permis est un impôt somptuaire qui rapporte à l'Etat et aux communes plus de 10 millions; que le gibier est une ressource d'alimentation précieuse et que, sans la prompte adoption de mesures énergiques pour en favoriser la multiplication, c'en est fait de la chasse et des intérêts économiques qui s'y rattachent; que l'abaissement du prix des permis, en augmentant le nombre des chasseurs, rendrait la surveillance des agents impossible et accélérerait l'extinction du gibier, et que le nombre des chasseurs deviendrait pour l'agriculture la cause de graves dommages et entraînerait, après la destruction du gibier, celle des oiseaux insectivores.

Les pétitionnaires réclament en outre une refonte générale des lois sur la chasse, afin d'assurer la répression par des peines plus sévères qui atteindraient à la fois le recéleur et le braconnier.

Les projets Chavoix et Guilloutet ont eu leurs adhérents, et de nombreuses pétitions en opposition à celle que nous venons de résumer ont été adressées à la Chambre pour demander la réduction du prix du permis ou sa suppression.

Il n'est pas sans intérêt de citer ici quelques-unes de ces pétitions pour en apprécier la valeur.

« PÉTITION A LA CHAMBRE DEMANDANT LA SUPPRESSION
» DU PERMIS DE CHASSE.

» *Exposé des motifs.*

» *Sous l'ancien régime, le citoyen pris en flagrant délit de*
» *chasse était pendu, sans jugement, au carrefour de la forêt.*
» *La loi sur la chasse votée sous Louis-Philippe, le 23 mai*
» *1844, est un des derniers vestiges de la monarchie.*
» *Sous la République, cette loi est un contre-sens : le permis*
» *de chasse est un privilège, il ne doit pas y avoir de privilège*
» *sous la République.*

» *Monsieur le président de la Chambre,*
» *Messieurs les députés,*

» *Les soussignés, habitant la commune de X..., ont l'honneur de*
» *vous demander de voter la suppression du permis de chasse*
» *et de le remplacer par un impôt sur les fusils, soit 5 fr. pour*
» *un fusil double et 3 fr. pour un fusil simple.*
» *Cet impôt serait plus rémunérateur pour l'État, et, le pro-*
» *priétaire ayant intérêt à la conservation du gibier, ne dé-*
» *truirait plus les couvées et les jeunes levrauts. »*

« PÉTITION AU CORPS LÉGISLATIF DEMANDANT LA LIBERTÉ
» ABSOLUE DE LA CHASSE ET LE REMPLACEMENT DE L'IMPOT
» DU PERMIS DE CHASSE PAR L'IMPOT SUR LE FUSIL.

» *Messieurs les députés, pendant de longs siècles, la chasse*
» *fut le privilège de la noblesse ; la Révolution de 1789 en a*
» *fait le privilège réglementé aujourd'hui par la loi de 1844.*
» *Depuis cette époque, grâce à l'accroissement de la fortune*
» *publique, due à des institutions de plus en plus démocratiques,*
» *le nombre des propriétaires a considérablement augmenté ; la*
» *grande propriété a disparu, le laboureur a conquis la terre*
» *qu'il travaille.*
» *La loi de 1844 ne répond plus ni à nos besoins nouveaux,*
» *ni à nos institutions nouvelles ; sous un gouvernement démo-*

» *cratique, les droits du propriétaire ne peuvent subir d'amoin-*
» *drissement.* »

Ou encore cette autre :

« PÉTITION CONTRE LE PERMIS DE CHASSE
ADRESSÉE A MM. LES DÉPUTÉS.

» *Messieurs les députés, le droit de chasse est primordial.*
» *Chacun apporte en naissant la faculté de pourvoir aux be-*
» *soins de l'existence. Or, à l'origine des peuples, l'individu n'a*
» *eu d'autres moyens de pourvoir à sa subsistance que la chasse*
» *et la pêche.*

» *Toutes les mesures prises pour réglementer, restreindre ou*
» *supprimer le droit de chasse sont donc antihumanitaires,*
» *partant antidémocratiques.*

» *Nos codes semblent s'attacher à ces principes lorsqu'ils*
» *attribuent la propriété au premier occupant, mais ils s'en*
» *écartent lorsqu'ils imposent aux citoyens l'obligation de payer*
» *au Trésor une taxe dont l'élévation constitue pour le plus*
» *grand nombre une véritable prohibition..*

» *En conséquence, etc.* »

Ou enfin celle-ci :

» *A messieurs les membres de la Chambre des députés.*
» *Messieurs, nous avons pris connaissance du projet de loi*
» *proposé par M. Chavoix, député de la Dordogne, et plusieurs*
» *de ses collègues, pour remplacer le permis de chasse actuel,*
» *montant à 28 fr. 60, par un impôt de 3 fr. par an pour un*
» *fusil double et 1 fr. 50 pour un fusil simple servant à la*
» *chasse.*

» *Nous vous prions de vouloir bien adopter ce projet de loi,*
» *quelles que soient les conclusions de la commission chargée*
» *de l'examiner. Nous sommes profondément convaincus, par*
» *l'expérience et les habitudes des cultivateurs, que le meilleur*
» *moyen de favoriser la reproduction du gibier en France,*
» *dont on constate chaque année la diminution, c'est d'intéresser*
» *les habitants des campagnes à sa conservation, en leur offrant*
» *la possibilité d'en profiter moyennant une redevance minime*

» *envers le Trésor public, dont les recettes seraient déjà plus*
» *considérables.*»

Seule la dernière de ces considérations est un argument sérieux en faveur de la modification qu'elle sollicite, et l'idée que le meilleur moyen de favoriser la reproduction du gibier est d'intéresser les habitants des campagnes à le conserver est judicieuse, mais le moyen qu'on se propose irait précisément à l'encontre du but que nous cherchons ; car le jour où tout cultivateur aura le droit de chasser, il conservera le gibier en temps prohibé ; mais au jour de l'ouverture, il n'en laissera pas, son intérêt le jour où il chasse étant d'en tuer le plus possible pour n'en point laisser au voisin.

Aux considérations pratiques tendant à conserver la chasse dans un but d'intérêt économique, que répondent les pétitions que nous venons d'analyser? Privilège, démocratie, égalité ; ce sont de grands mots exprimant, suivant les époques et les milieux où ils apparaissent, de belles et nobles idées ; mais il n'est pas possible de leur concéder l'influence magique de provoquer en matière de chasse des dispositions utiles, pratiques, assurant la répression du braconnage et la reproduction du gibier. Laissons donc le gibier aux chasseurs et les grands mots aux conférenciers.

Voyons, chasseurs, en toute franchise, de bonne foi, je m'adresse à vous. Vous savez tous ce qu'est dans les campagnes un jour d'ouverture, et combien peu de ces malheureux perdreaux ou lièvres qui nous restent échappent à nos coups.

Nous sommes huit ou dix chasseurs dans la commune, commune importante, ma foi, contenant de 1.200 à 1.500 hectares. Cette année, nous sommes favorisés, la reproduction s'est faite dans des conditions favorables, et nous avons bien, sur notre commune, 150 ou 200 lièvres, 15 à 20 compagnies de perdreaux

O felices nimium venatores !

C'est demain l'ouverture, nous sommes prêts ; sans le savoir, ou plutôt sans le dire, nous nous sommes partagés la commune, et, pour ne pas être incommodés par tel ou tel, nous avons choisi notre climat et nous comptons bien y faire une abondante moisson.

Mais supposons un instant que le garde champêtre annonce qu'à partir de demain la chasse est libre pour tout citoyen. Le lendemain, au lever du soleil, sortent de toutes les maisons des chasseurs, au nombre de deux ou trois cents ; sur une population de 1.200 habitants, ce n'est pas trop pour une commune ; de véritables chasseurs armés de vrais fusils, les uns à piston, les autres à pierre, mais qui tuent bien parce qu'ils portent juste, et la chasse commence. Quelle chasse, mon Dieu ! en quelques heures la chasse est faite. Les lièvres et perdreaux, tout y a passé. Que voulez-vous qu'ils fassent ? Chaque champ a un proriétaire, et ce propriétaire est là, armé, qui attend son lièvre et sa perdrix, pendant que ses enfants, neveux, petits cousins battent la plaine et lui amènent le gibier. Le soir venu en reste-t-il encore ? Demain on recommencera, et après-demain, et puis après on pourra fermer la chasse et pour longtemps.

Transportez-vous par la pensée dans toutes les communes de France, pareil spectacle vous y attend. Nos bons villageois pourront tous mettre la perdrix aux choux, mais certes ils ne le feront pas tous les dimanches, car nous pouvons affirmer, sans être contredit par personne, que de longues années on ne verra voler une perdrix, ni courir un lièvre dans les communes ainsi exploitées.

M. Labitte lui-même, dont nous aurons à l'instant à apprécier le projet, partage notre opinion. Le tableau qu'il fait dans son rapport est tracé de main de maître et nous voudrions le reproduire en entier : « *Voyez-vous nos plaines* » *un jour d'ouverture, un dimanche, où tout le monde sera libre ?* » *Qu'il se tue seulement deux pièces par personne, qu'arrivera-* » *t-il ? On peut certifier d'avance que, le soir venu, il ne restera* » *pas un lièvre, pas un perdreau pour la reproduction.* »

N'est-ce pas d'une exactitude rigoureuse ? Et le rapporteur ajoute : « *Admettons qu'il puisse rester quelques pièces vi-* » *vantes devant cette multitude le dimanche ; mais, le lundi,* » *il n'y aura pas un cultivateur, un laboureur, un ouvrier*

» *travaillant aux champs, un berger, qui ne sorte avec son fusil*
» *et, avec l'aide de ses chevaux, de ses vaches et de ses moutons,*
» *n'approche facilement le gibier, devenu cependant farouche*
» *par les fusillades de la veille; il le tuera, parce qu'en le tuant*
» *et en le vendant, il oura gagné le double, le triple ou le quin-*
» *tuple de sa journée, et chacun sera d'autant plus acharné à*
» *la destruction qu'il se dira : Si ce n'est pas moi qui tue, ce*
» *sera Paul et Michel.* »

Chasseurs, c'est pour vous que j'écris! Les projets Chavoix et Guilloutet sont jugés, vous n'en voulez pas. L'effet
serait à bien peu de chose près le même si on adoptait le
projet Labitte; avec le prix du permis de chasse porté à
10 fr., vous n'aurez pas moins de 100 à 150 chasseurs dans
chaque commune et la dévastation du gibier sera la même;
et quant à vous, Messieurs les Députés, vous aurez beau dire
qu'une pareille loi est démocratique, qu'elle est égalitaire,
qu'elle répond aux aspirations du pays, vous savez bien
qu'elle ne vaut rien, et, si vous la proposez, est-ce réellement
parce qu'elle vous paraît bonne? N'y voyez-vous pas plutôt
un moyen d'asseoir votre popularité compromise et de
plaire à vos électeurs, qui peut-être ne vous le demandent
pas?

Rentrons dans le domaine de la réalité : le perdreau, qui en
1844 valait 1 fr. 50, a cours aujourd'hui à 2 fr. 50 et 3 fr.; le
lièvre, au lieu de 5 fr., vaut 10 à 12 fr.; le prix du gibier a
doublé; personne ne se plaindra de payer le double le permis de chasse qui assure à l'État, aux communes, des revenus importants, et reste, à ce point de vue, une mesure égalitaire en contribuant à la richesse publique et, pour nous
servir d'une formule plus récente, à l'accroissement de la
fortune du plus grand nombre.

Nous n'avons plus à présenter sur notre article qu'une
courte observation relative à la durée des permis. Des difficultés se sont élevées devant les tribunaux sur le point de
savoir si le jour de la délivrance doit être compté pour former l'année et si la même date de l'année suivante est ou
non comprise dans l'année. Antérieurement à la loi de 1844

la jurisprudence était fixée, en ce sens que le jour *a quo* étant compté dans le délai d'une année, le jour *ad quem* en doit être exclu. La loi de 1844 n'avait point modifié cette interprétation; en effet, dire que le permis de chasse est valable pour un an, c'est dire qu'aussitôt l'année révolue, le permis cesse d'être valable; mais la jurisprudence postérieure à la loi de 1844 a changé de système. De nombreux arrêts ont décidé que le jour où le permis de chasse est délivré n'est pas compris dans le délai d'un an fixé pour sa durée, et que, par conséquent, le jour correspondant de l'année suivante doit être compris tout entier dans ce délai.

Ce dernier système nous paraît préférable et nous sommes d'avis de l'insérer dans la loi. En fait, il est certain que les formalités administratives ne permettent guère au chasseur de chasser le jour où le permis est signé et lui est délivré; il nous paraît donc équitable de l'autoriser à chasser le jour correspondant de l'année suivante ; nous ne voyons pas quels motifs ont inspiré les auteurs du projet de 1881, qui ont exclu le jour correspondant de l'année suivante, apportant ainsi une modification inutile à une jurisprudence judicieusement établie.

ART. 9. Le projet de loi présenté à la Chambre en 1844 accorde aux préfets la faculté de refuser arbitrairement le permis de chasse, mais la rédaction des dispositions de cet article fut l'objet de discussions; on fit remarquer que le permis de chasse entraînant le droit de port d'armes, refuser ce permis c'est appliquer arbitrairement une peine, tandis que ce pouvoir appartient aux tribunaux seuls et dans les cas déterminés.

Au cours de la discussion, la majorité de la Chambre se rallia à ces observations et le système des exclusions par catégories fut préféré à l'arbitraire des préfets. Nous maintenons cette disposition, et dans la pensée de notre article, comme dans la loi de 1844, les préfets n'ont pas la faculté générale de refuser des permis, mais seulement le droit limité d'en refuser à certaines catégories de personnes désignées par la loi.

La jurisprudence du Conseil d'État admet d'ailleurs que l'individu à qui le préfet a refusé un permis de chasse est recevable à attaquer ce refus devant le Conseil d'État au contentieux, pour cause d'excès de pouvoir, alors qu'il prétend ne pas se trouver dans la catégorie des personnes à qui le préfet peut ou doit refuser ce permis. Cette décision est une garantie suffisante, pour les particuliers, contre l'arbitraire des préfets.

Les catégories d'individus à qui la loi refuse le permis comprennent tous ceux qui, par leur position, leurs antécédents, leurs habitudes, doivent appeler l'attention du gouvernement, et nous avons cru nécessaire d'étendre ces catégories en y ajoutant les contrebandiers et ceux qui auront subi deux condamnations correctionnelles pour ivresse publique. Nous sommes sur ce point en communauté d'idées avec le projet de 1881 ; toutefois, ce projet contient une lacune que nous croyons devoir combler en ajoutant qu'il s'agit de condamnation correctionnelle pour ivresse. En effet, aux termes de la loi du 23 janvier 1873, les délits d'ivresse, si fréquents dans les campagnes et dans les villes, sont déférés aux juges de paix, qui les frappent d'une amende de 1 fr. à 5 fr., et ce n'est qu'en cas de nouvelle récidive dans les douze mois qui suivent la deuxième condamnation que l'inculpé peut être traduit en police correctionnelle. Or, il serait d'une sévérité excessive d'interdire le droit de permis à tout individu qui, resté à l'abri de reproches sous tous autres rapports, aurait eu le tort de sacrifier trop souvent à Bacchus. Deux condamnations pour ivresse prononcées par le juge de paix, et même une troisième en police correctionnelle, n'entachent pas d'une façon grave la moralité d'un habitant de la campagne, surtout lorsqu'il est Bourguignon, au point de provoquer la déchéance du droit de permis, et nous pensons que cette pénalité rigoureuse du refus de permis ne doit s'appliquer qu'en cas de deux condamnations correctionnelles impliquant chez celui qui les a subies des habitudes d'ivresse invétérées de nature à compromettre la tranquillité publique.

Nous avons abaissé à deux mois la durée de l'emprisonnement faisant encourir la déchéance de permis, lorsque
cette condamnation intervient pour rébellion ou violences
envers les agents de l'autorité publique. Il suffit d'examiner
les statistiques pour se convaincre que la peine de six mois
n'est presque jamais prononcée pour rébellion, et que,
même dans des cas graves, les tribunaux se contentent d'infliger une condamnation inférieure à deux mois.

Il nous paraît donc fâcheux qu'un homme d'un naturel
violent, qui s'oublie au point de mériter une condamnation
à deux mois d'emprisonnement, puisse être armé; la peine
qu'il a subie est une présomption suffisante pour démontrer
que ce condamné est indigne de porter une arme dont, à un
moment donné, il pourrait faire un mauvais usage; c'est d'ailleurs une protection prévoyante que de le prémunir contre
les emportements d'une nature vive et d'un caractère brutal.

Nous avons supprimé le dernier paragraphe de l'art. 6 de
la loi de 1844, qui fait cesser la faculté de refuser le permis
cinq ans après l'expiration de la peine; il n'est pas admissible, en effet, que des individus pour qui la peine pécuniaire
n'a pas paru suffisante et que le juge a punis d'une manière
plus accablante et plus intime, en les frappant dans leurs
droits de famille et de citoyen, puissent mériter, à aucune
époque de leur vie, la confiance de la loi; ce serait, ainsi
que le fait remarquer le rapporteur de la loi de 1881, rani-
mer pour eux, dans une vie de mouvement et d'aventures,
les instincts de débauche, de vagabondage, de fainéantise,
de cupidité qui ont motivé leur condamnation.

Tout au plus serait-il admissible, ainsi que nous le proposons, de restituer cette faculté à ceux des condamnés qui
auront obtenu leur réhabilitation. Nous trouvons, en effet,
dans les dispositions des art. 619 et suivants du Code d'instruction criminelle des garanties qui permettent d'assurer
que la réhabilitation morale des condamnés a précédé la
réhabilitation légale, et nous pensons qu'il y a lieu, en rele-
vant les réhabilités de la déchéance du permis, d'assurer en
leur faveur les dispositions de l'art. 634, qui fait cesser pour

l'avenir, dans la personne du condamné, toutes les incapacités résultant de la condamnation.

Art. 10. Notre art. 10 se borne à reproduire, en le fondant en un seul article, les dispositions des art. 7 et 8 de la loi de 1844.

Les mineurs de seize ans sont présumés par la loi ne point avoir de discernement (art. 66 du Code pénal); il est donc prudent de ne pas leur accorder avant cet âge la faculté d'avoir un permis. Ce n'était point l'avis de M. de Lasteyrie, qui, discutant ce point en 1844 et poussé à bout par les raisons solides de ses collègues, leur lança cette boutade : « *Eh bien,* » *je dis, sans faire d'affront à personne, que j'aime beaucoup* » *mieux chasser avec un jeune homme de moins de seize ans,* » *surveillé par quelqu'un, qu'avec tel membre de la commission.* » Nous persistons dans la rédaction de notre article; les motifs qui nous déterminent sont de ceux qui se sentent et ne se discutent pas. La loi doit protection à l'enfance, et c'est un devoir de prémunir le père de famille imprudent contre sa propre faiblesse et les sollicitations importunes de ses enfants.

Aucune loi n'enlève aux femmes le droit de chasse, et bien que cet exercice violent paraisse inconciliable avec les devoirs et les goûts d'une mère de famille, le permis ne saurait leur être refusé; mais il nous paraît bon d'exiger qu'elles produisent l'autorisation maritale. Nous pensons, d'ailleurs, que la réserve dont nos mœurs françaises font une loi aux femmes laissera cet article sans application.

La disposition qui interdit de délivrer des permis aux gardes est trop sage pour que nous ne la reproduisions pas avec empressement, mais elle ne s'applique pas aux gardes particuliers, qui pourront obtenir un permis si les propriétaires les autorisent à faire acte de chasse.

L'interdiction du permis qui s'applique à ceux qui n'ont pas exécuté les condamnations prononcées contre eux pour délits de chasse est générale, elle s'étend aussi bien aux peines corporelles qu'aux amendes; la loi de 1844 ne l'a pas formellement exprimé, le projet de 1881 prend le soin de le dire; nous nous rallions à ce projet. La rédaction la plus claire est toujours la meilleure.

Art. 11. Nous nous bornons, pour l'art. 11, à proposer les modifications suivantes : rédaction plus claire de la première partie de l'article en nous référant aux conditions édictées par les arrêtés préfectoraux; interdiction de la chasse à tir dans les plaines à l'aide de chevaux ou voitures. Les chasseurs de perdrix comprendront aisément les motifs de cette interdiction : par un temps sec et froid, au lever du jour, il n'est pas rare de voir les perdrix pelotonnées les unes contre les autres dans le champ où elles ont passé la nuit; l'approche d'un cheval ou d'une voiture ne les effraie pas et le chasseur le plus maladroit peut, avec du petit plomb, détruire d'un seul coup de fusil tout une compagnie. Ce mode de procéder n'est plus de la chasse, c'est un acte de destruction qu'il nous paraît bon d'interdire.

Le projet de 1881 interdit également la chasse à l'aide de mannequins ou buissons artificiels servant à masquer le chasseur. Nous ne croyons pas utile de maintenir cette prohibition; ce mode de chasse est peu répandu, il est fréquent dans les pays de plaines, où les chasses en battue sont nombreuses et où le gibier est tellement difficile à approcher que le tir en est presque impossible; cette interdiction aurait peu de résultats pratiques et, pour beaucoup de chasseurs, elle serait vexatoire sans faire obstacle aux braconniers.

Nous nous sommes borné à reproduire la disposition de la loi de 1844 en tout ce qui a trait aux animaux nuisibles, nous réservant de traiter ces questions dans un travail spécial. Il y aurait lieu de supprimer cette partie de notre article au cas où la loi spéciale serait adoptée.

Art. 12. La loi de 1844 a omis de régler l'exercice de la chasse à la mer ou sur les bords, et le chasseur doit s'en rapporter aux arrêtés des préfets, qui varient suivant les départements. La jurisprudence a rendu des décisions contradictoires. Dans un premier système soutenu par un arrêt de la Cour de Rennes, on pose en principe que la chasse des oiseaux de mer n'ayant été l'objet d'aucune disposition spéciale, rien ne s'oppose à ce que la chasse puisse en avoir lieu librement et en tout temps; dans un second système, qui est adopté par la Cour de cassation, on soutient que l'art. 1er de la loi de 1844, aux termes duquel « *nul ne pourra chasser si la chasse n'est pas ouverte* », est applicable à la chasse à la mer.

Cette décision de la Cour de cassation est en opposition avec l'énumération que la loi a faite des agents divers appelés à constater les délits de chasse (art. 22), car on n'y voit figurer ni les gardes côtiers ni aucun autre agent de la marine.

En outre, la loi n'a pas prévu l'espace dans lequel le chasseur pourrait se croire au bord de la mer; ce manque de prescription précise est regrettable et gênante pour le chasseur. Nous pensons qu'il n'y a aucun inconvénient à autoriser la chasse en tout temps à la mer; la constatation du délit de chasse y serait difficile, la répression illusoire et les oiseaux de mer se défendent suffisamment par eux-mêmes sans que la loi ait besoin de leur prêter secours.

Il est bien entendu que la tolérance accordée sur les bords n'autorise pas à tirer d'autre espèce de gibier.

Le lièvre et la perdrix de mer ne sont pas reconnus.

ART. 12, §§ 2 et 3. Nous prohibons la chasse aux lévriers. Mais, parmi les causes de destruction du gibier, nous devons signaler les chiens errants, sans surveillance, qui s'attaquent, avant l'ouverture de la chasse, aux jeunes lièvres, aux jeunes perdreaux, à tout ce qui n'est pas en état de se soustraire à leur atteinte. Ces chiens divaguants causent un véritable préjudice à l'agriculture, car les récoltes foulées donnent un rendement moins considérable; et, en outre, ils portent à la chasse un dommage irréparable : rôdant dans les champs autour de l'endroit où travaille leur maître, ils détruisent toute sorte de gibier. Le chien vagabond, dès qu'il a pris goût au gibier, est un fléau et le pire des braconniers. Je ne connais pas de pays où il y ait plus de chiens qu'en France, depuis le chien des champs et le chien de ville jusqu'au roquet libre et malfaisant.

Cette situation avait déjà frappé les législateurs de 1844. « *On ne peut tenir son chien par la queue* », avait-on dit à cette époque. Non, sans doute. Mais on peut l'attacher ou l'enfermer dans un chenil. Il est donc nécessaire d'éveiller, par la crainte d'une poursuite, la vigilance des ouvriers de la campagne, qui pratiquent, à l'égard des dégâts commis par leurs chiens, la plus coupable indifférence, et quant à ceux qui sont animés d'intentions malveillantes, les avertissements qu'ils recevront du garde, d'un procès-verbal et d'une amende correctionnelle suffiront pour les rappeler à leur devoir. C'est rendre service aux intérêts de l'agriculture et de la chasse que de réprimer cette licence du vagabondage des chiens, à laquelle les dispositious que nous proposons sauront mettre un terme.

SECTION II. — DES PEINES.

Art. 14. Pendant la discussion de la loi de 1844, Pascalis tint à la Chambre ce langage : « *A mes yeux elle mérite ce* » *reproche : c'est celui de ne pas atteindre la classe la plus dan-* » *gereuse parmi les chasseurs en délit, les braconniers; car, en* » *général, il ne pourront être punis que par l'amende. Or,* » *l'amende peut être tout à fait inefficace contre celui qui n'a* » *rien.* » Or, depuis cette époque, les chasseurs sont unanimes à reconnaître l'impuissance des gardes à refréner l'audace des braconniers qui, pour la plupart, sans profession, sans aveu, dans un état de fortune peu aisé, se déclarent indigents, échappent à la peine, et rentrés dans la commune insultent les gardes, bravent les gendarmes et continuent leurs déprédations. Sachons donc profiter de l'avertissement de Pascalis ; gardons-nous de tomber dans la même erreur que nos devanciers et n'hésitons pas à prononcer contre le braconnier de profession la peine de l'emprisonnement.

Pour faciliter la comparaison des pénalités que nous proposons avec celles édictées par la loi de 1844, nous joignons deux tableaux comprenant les qualifications des délits et les peines qui leur sont applicables ; nous rendons ainsi plus saisissantes et plus claires les modifications que nous proposons.   (Voir les tableaux ci-joints.)

ARTICLES DE LA LOI DE 1844	QUALIFICATION DES DÉLITS	PEINES — DÉLITS SIMPLES		DÉLITS Avec circonstances aggravantes (déguisement, faux noms, violences, menaces). — Art. 14, § 1.		RÉCIDIVE (1)	
		Am. oblig.	Emp. facult.	Am. oblig.	Emp. facult.	Am. oblig.	Emp. facult.
Article 11, § 1	1. Chasse sans permis	16 à 100f	....	16 à 200f	....	16 à 200f	6 j. à 3 m.
Article 11, § 2	2. Chasse de jour, sur le terrain d'autrui, sans autorisation du propriétaire	16 à 100	....	16 à 200	....	16 à 200	6 j. à 3 m.
Article 11, § 4	3. Prise, destruction, sur le terrain d'autrui, des œufs ou couvées de faisans, etc.	16 à 100	....	16 à 200	....	16 à 200	6 j. à 3 m.
Article 12, § 1	4. Chasse en temps prohibé	50 à 200	6 j. à 2 m.	50 à 400	6 j. à 4 m.	50 à 400	6 j. à 4 m.
Article 12, § 2	5. Chasse pendant la nuit	50 à 200	6 j. à 2 m.	50 à 400	6 j. à 4 m.	30 à 400	6 j. à 4 m.
Article 12, § 2	6. Chasse de jour à l'aide d'engins prohibés ou par des moyens non autorisés	50 à 200	6 j. à 2 m.	50 à 400	6 j. à 4 m.	50 à 400	6 j. à 4 m.
Article 12, § 6	7. Chasse de jour avec appeaux, appelants ou chanterelles	50 à 200	6 j. à 2 m.	50 à 400	6 j. à 4 m.	50 à 400	6 j. à 4 m.
Article 12, § 5	8. Emploi de drogues ou appâts pour enivrer ou détruire le gibier	50 à 200	6 j. à 2 m.	50 à 400	6 j. à 4 m.	50 à 400	6 j. à 4 m.
Article 11, § 2	9. Chasse de jour sur les terres d'autrui non dépouillées de leurs fruits et sans autorisation du propriétaire	16 à 200	....	16 à 400	....	16 à 400	6 j. à 3 m.
Article 11, § 2	10. Chasse de jour sur le terrain d'autrui, clos, mais non attenant à une habitation, et sans autorisation du propriétaire	16 à 200	....	16 à 400	....	46 à 700	6 j. à 3 m.
Article 13, § 1	11. Chasse de jour dans un enclos attenant à une habitation, sans autorisation du propriétaire	50 à 300	6 j. à 3 m.	50 à 600	6 j. à 6 m.	50 à 600	6 j. à 6 m.
Article 12, § 7	12. Chasse de nuit avec engins prohibés, sur le terrain d'autrui, avec armes apparentes ou cachées, sans autorisation du propriétaire	50 à 400	6 j. à 4 m.	50 à 400	6 j. à 4 m.	50 à 400	6 j. à 4 m.
Article 13, § 2	13. Chasse de nuit dans un enclos attenant à une habitation, sans autorisation du propriétaire	50 à 400	6 j. à 4 m.	50 à 400	6 j. à 4 m.	50 à 400	6 j. à 4 m.
Article 12, § 8	14. Délits des gardes champêtres ou forestiers.	100 à 1000 Max. d'am.	3 m. à 2 ans Max. de p.	100 à 2000 Max. d'am.	3 m. à 4 ans Max. de p.	50 à 200 Max. d'am.	3 m. à 4 ans Max. de p.
Article 11, § 3	15. Contraventions aux arrêtés préfectoraux concernant la chasse en temps de neige, etc.	16 à 100f	....	16 à 200	....	16 à 200f	6 j. à 3 m.
Article 11, § 5	16. Contraventions aux cahiers des charges par les fermiers de chasse	16 à 100	....	16 à 200	....	16 à 200	6 j. à 3 m.
Article 12, § 3	17. Détention ou port d'engins prohibés	50 à 200	6 j. à 2 m.	50 à 400	6 j. à 4 m.	....	6 j. à 3 m.
Article 12, § 4	18. Vente, achat, transport, etc., de gibier avant l'ouverture de la chasse	50 à 200	6 j. à 2 m.	50 à 400	6 j. à 4 m.	....	6 j. à 4 m.

(1) Lorsqu'il y a récidive dans les cas prévus en l'art. 11, la peine de l'emprisonnement ne peut être prononcée que si le délinquant n'a pas satisfait aux condamnations antérieures (art. 14, § 2).

PEINES

ARTICLES DE NOTRE PROJET	QUALIFICATION DES DÉLITS	DÉLITS SIMPLES — Am. oblig.	DÉLITS SIMPLES — Am. facult.	DÉLITS SIMPLES — Emp. oblig.	DÉLITS (Avec circonstances aggravantes, de nuit, d'armes apparentes ou cachées, association de braconnage) — Am. oblig.	Am. facult.	Emp. oblig.	DÉLITS (Avec circonst. agg., déguisem., faux noms, violences. Récidive, art. 17, § 2) — Am. oblig.	Emp. oblig.
Article 15, § 1	1. Chasse sans permis	25 à 100 f		6 j. à 2 m.	25 à 100	50 à 200	15 j. à 6 m.	50 à 200	15 j. à 6 m.
Article 14, § 1	2. Chasse de jour, sur le terrain d'autrui, sans autorisation du propriétaire	25 à 100			25 à 100	50 à 200	15 j. à 6 m.	50 à 200	15 j. à 6 m.
Article 14, § 3	3. Prise, destruction, sur le terrain d'autrui, des œufs, couvées ou portées, etc.	25 à 100			25 à 100	50 à 200	15 j. à 6 m.	50 à 200	15 j. à 6 m.
Article 15, § 2	4. Chasse en temps prohibé	25 à 100		6 j. à 2 m.	25 à 100	50 à 200	15 j. à 6 m.	50 à 200	15 j. à 6 m.
Article 15, § 3	5. Chasse pendant la nuit	25 à 100		6 j. à 2 m.	25 à 100	50 à 200	15 j. à 6 m.	50 à 200	15 j. à 6 m.
Article 15, § 3	6. Chasse de jour à l'aide d'engins prohibés ou par des moyens non autorisés	25 à 100		6 j. à 2 m.	25 à 100	50 à 200	15 j. à 6 m.	50 à 200	15 j. à 6 m.
Article 15, § 6	7. Chasse de jour avec appeaux, appelants ou chanterelles	25 à 100		6 j. à 6 m.	25 à 100	50 à 200	15 j. à 6 m.		15 j. à 6 m.
Article 15, § 5	8. Emploi de drogues ou appâts pour enivrer ou détruire le gibier	25 à 100		6 j. à 6 m.	25 à 100	50 à 200	15 j. à 6 m.	50 à 200	15 j. à 6 m.
Article 14, § 1	9. Chasse de jour sur les terres d'autrui non dépouillées de leurs fruits et sans autorisation du propriétaire	25 à 100	50 à 200		50 à 200	100 à 400	15 j. à 6 m.		15 j. à 6 m.
Article 14, § 1	10. Chasse de jour sur le terrain d'autrui, clos, mais non attenant à une habitation, et sans autorisation du propriétaire	25 à 100	50 à 200		50 à 200	100 à 400	15 j. à 6 m.		15 j. à 6 m.
Article 16, § 4	11. Chasse de jour dans un enclos attenant à une habitation, sans autorisation du propriétaire				25 à 100	50 à 200	15 j. à 6 m.		15 j. à 6 m.
Article 16, §§ 1 et 4	12. Chasse de nuit avec engins prohibés sur le terrain d'autrui, avec armes apparentes ou cachées, sans autorisation du propriétaire				25 à 100	50 à 200	15 j. à 6 m.	50 à 200	15 j. à 6 m.
Article 16, §§ 1 et 4	13. Chasse de nuit dans un enclos attenant à une habitation, sans autorisation du propriétaire				25 à 100	50 à 200	15 j. à 6 m.		15 j. à 6 m.
Article 17, § 1	14. Délits des gardes champêtres ou forestiers				Max. d'am.				
Article 14, § 2	15. Contraventions aux arrêtés préfectoraux concernant la chasse en temps de neige et emploi des lévriers	25 à 100			25 à 100	50 à 200	15 j. à 6 m.	50 à 200	15 j. à 6 m.
Article 14, § 4	16. Contraventions au cahier des charges par les fermiers de chasse	25 à 100		6 j. à 2 m.	25 à 100	50 à 200	15 j. à 6 m.		15 j. à 6 m.
Article 15, § 4	17. Détention ou port d'engins prohibés	25 à 100		6 j. à 2 m.	25 à 100	50 à 200	15 j. à 6 m.	50 à 200	15 j. à 6 m.
Article 15, § 7	18. Vente, achat, transport, etc., de gibier ou conserves avant l'ouverture de la chasse; expédition pendant l'ouverture sans laissez-passer	25 à 100		6 j. à 2 m.	25 à 100	50 à 200	15 j. à 6 m.		15 j. à 6 m.
Article 15, § 8	19. Détention, recel du gibier vivant en temps prohibé	25 à 100			25 à 100	50 à 200	15 j. à 6 m.		15 j. à 6 m.
Article 16	20. Saisie d'engins prohibés	100 fr.							

NOTA. L'aggravation de la pénalité que nous proposons consiste moins à élever le taux des amendes qu'à rendre la peine de l'emprisonnement obligatoire.

Ainsi que nous l'avons fait remarquer au cours de cette étude le prix du gibier a doublé depuis 1844; or, il est nécessaire que le prix de l'amende soit proportionné au bénéfice que le braconnier peut retirer de la vente du gibier; autrement il aura toujours intérêt à exercer son industrie, car, il faut bien l'avouer, il trouvera souvent le moyen d'échapper aux poursuites et sa caisse restera plus chargée en profits qu'en pertes. Il faut, pour le dégoûter de son métier, le constituer en perte ou tout au moins établir l'équilibre pécuniaire de façon à ce que, l'emprisonnement aggravant la peine, il ne retire plus en somme aucun profit de ses larcins.

Les peines que nous proposons sont toutes des peines correctionnelles, d'où la conséquence que les faits qu'elles punissent sont, aux termes de l'art. 1er du Code pénal, des délits proprement dits de la compétence des tribunaux correctionnels.

L'idée générale qui nous a guidé dans l'établissement des peines est de permettre aux magistrats de frapper sévèrement les braconniers et de n'infliger que des peines légères aux chasseurs qui commettront accidentellement des infractions sans gravité.

Les peines proposées par le projet de loi de 1881 nous paraissent trop élevées et dépassent un peu le but qu'elles veulent atteindre; l'étude des statistiques judiciaires nous démontre que les magistrats ont grand souci de la liberté de leurs semblables, et que, hors les cas exceptionnellement graves, leur conscience répugne à prononcer pour des délits des peines supérieures à quatre mois d'emprisonnement, surtout lorsqu'il s'agit de frapper des individus domiciliés et chefs de famille. En augmentant la pénalité, en forçant la note, si je puis m'exprimer ainsi, n'y a-t-il pas lieu de craindre que le magistrat hésite à prononcer une peine qui froisse sa conscience et ne réponde pas dans sa pensée à l'échelle de la pénalité qu'il est accoutumé à appliquer chaque jour? Dans ce cas les tribunaux prendraient le parti de ne prononcer jamais que le minimum des peines; ce résultat serait fâcheux. Notre expérience des choses judiciaires nous fait un devoir de le signaler; nous préférons nous tenir dans un juste milieu. *In medio stat virtus.*

ART. 14, § 2. Il nous reste à justifier sur cet article une modification que nous avons cru devoir introduire à l'art. 14, *in fine,* relativement au passage des chiens courants sur le terrain d'autrui. En effet, d'après notre législation pénale, tout délit doit être intentionnel; or, le chasseur dont le chien poursuit le gibier sur la propriété d'autrui ne commet point de délit de chasse; l'empire de l'homme est souvent impuissant contre l'instinct et la fougue des chiens à la suite du gibier. La loi de 1844 a posé ce principe, et ses dispositions se résument à dire que les juges apprécieront s'il y a de la part du chasseur volonté de rechercher le gibier sur le terrain d'autrui ou impossibilité de retenir les chiens lancés à la poursuite d'un gibier levé sur son propre terrain; mais elle a omis de spécifier les circonstances qui révèlent d'une façon certaine l'intention délictueuse du chasseur, laissant ainsi aux tribunaux la plus large appréciation. Nous pensons qu'il est bon de fixer des règles précises et d'indiquer certains cas où l'intention du chasseur paraît manifeste, et où ses actes le constituent nécessairement en délit, comme par exemple le cas où il a suivi sans chercher à les rompre, où il a appuyé ou fait appuyer des chiens chassant sur le terrain d'autrui.

La rédaction que nous proposons tranche d'ailleurs une question souvent discutée, entre chasseurs, sous le nom de droit de suite.

Aux termes de notre rédaction, le droit de suite est admis pour les chiens, s'il nous est permis de nous exprimer ainsi, mais il n'est pas reconnu au chasseur, et le fait de suivre ses chiens sur le train d'autrui sans chercher à les rompre, ou de les appuyer, constitue un délit de chasse.

En un mot, nous continuons à laisser à l'équité des tribunaux l'appréciation des faits prévus par les paragraphes de notre article, mais nous précisons deux cas dans lesquels cette appréciation leur échappe, l'intention délictueuse nous paraissant suffisamment établie.

ART. 15, 16, 17, 18. Nous n'apportons aux art. 15, 16, 17 et 18 d'autre modification à la loi de 1844 que l'augmentation des peines ; les tableaux joints à notre travail rendent tout commentaire superflu.

ART. 19. Nous n'avons à présenter sur cet article qu'une courte observation. Lorsque les instruments du délit ne sont pas saisis ou représentés, la loi porte à 50 fr. le minimum que les condamnés doivent payer pour en tenir lieu ; or, cette somme nous paraît insuffisante : elle laisse aux délinquants le plus grand intérêt à dissimuler leurs armes et nous pensons qu'il est bon de porter à 100 fr. le minimum de la somme à verser.

Les armes, et surtout les filets ou autres engins prohibés, ont la plupart du temps une bien plus grande valeur ; la somme de 50 fr. est trop modique et celle de 100 fr. que nous proposons n'a rien d'exagéré.

ART. 20. L'art. 20 maintient le principe posé en matière de crimes et délits ordinaires par les dispositions de l'art. 365 du Code d'instruction criminelle, qui porte qu'en cas de conviction de plusieurs crimes ou délits la peine la plus forte est seule prononcée. Mais il est plus rationnel que le non cumul ne soit applicable qu'aux délits qui précèdent la déclaration du procès-verbal, et que ceux qui ont été commis postérieurement soient punis de peines distinctes, autrement ce serait l'impunité assurée à celui qui, se croyant passible du maximum des peines pour une première contravention, braverait l'autorité des gardes et continuerait à commettre d'autres délits qui ne lui coûteraient pas plus cher que le premier. La plupart des lois spéciales ont adopté le principe rationnel du cumul forcé en notre matière.

Le cumul sera donc toujours admis pour les délits postérieurs à la déclaration d'un premier procès-verbal.

ART. 26. Pour assurer la répression des délits relatifs à la vente, au colportage et à l'expédition du gibier prévus par les art. 4 et 5 de notre projet, notre art. 26 donne aux employés d'octroi et des contributions indirectes le droit de dresser procès-verbaux des délits qu'ils constateraient dans l'exercice de leurs fonctions. Nous n'imposons, par cet article, aux employés des contributions et des octrois, ni devoirs nouveaux ni obligations nouvelles; il importe seulement de leur donner qualité pour constater les contraventions, lorsqu'ils en auront connaissance dans l'exercice de leurs fonctions. Assurément, l'extension apportée par notre article aux faits délictueux de transport, de colportage, d'expédition, augmente les attributions de ces employés en soumettant à leur surveillance un nombre plus considérable de délits; mais leur compétence reste la même telle qu'elle est établie par l'art. 23 de la loi de 1844, et nous pensons d'ailleurs que des instructions spéciales du ministre de la justice et du directeur général des contributions indirectes préciseront et limiteront les attributions de ces employés telles qu'elles résultent des dispositions des art. 4, 5 et 6 de notre projet.

ART. 27. Le délai de vingt-quatre heures imposé à peine de nullité pour l'affirmation des procès-verbaux nous paraît insuffisant, et nous proposons de donner aux rédacteurs des procès-verbaux quarante-huit heures, afin qu'ils aient le temps matériel de faire les démarches que nécessite souvent l'affirmation.

ART. 28. La rédaction de l'art. 28 que nous proposons nous paraît plus claire que celle de l'art. 25 de la loi de 1844, dont nous reproduirons d'ailleurs exactement le sens. Il est utile d'affirmer le droit de saisie des engins prohibés autres que les armes et d'exprimer le droit pour les gardes de conduire devant les autorités, même par force, les chasseurs récalcitrants.

ART. 32. Le délai de trois mois, imputé par l'art. 29 de la loi de 1844, pour la poursuite des délits de chasse est emprunté à l'art. 185 du Code forestier, mais la déchéance prononcée en matière de chasse est absolue et n'admet aucune restriction, tandis qu'en matière forestière ce délai est porté à six mois lorsque les prévenus ne sont pas désignés dans les procès-verbaux.

Nous pensons que cette exception judicieuse doit être introduite en matière de chasse, afin de laisser aux gardes un délai suffisant pour rechercher ceux qu'ils ont surpris en délit et qui par ruse ont échappé à leur vigilance; et cette innovation nous paraît d'autant plus logique, que la Cour de cassation n'admet pas qu'un procès-verbal dressé par un garde pour établir l'individualité de l'auteur d'un délit précédemment constaté puisse interrompre la prescription. Dans le cas où le délinquant n'a pu être reconnu, le délai de trois mois est insuffisant et nous estimons qu'il est utile d'imiter sur ce point les dispositions de l'art. 185 du Code forestier.

Et maintenant, *Monumentum exegi*, nous terminons notre travail en abrogeant les lois et décrets sur la chasse publiés antérieurement à la présente loi.

Nous n'avons pas la prétention d'avoir fait une œuvre parfaite; il est toujours difficile de présenter un projet de loi qui réponde à tous les besoins et donne satisfaction à tous les intérêts. La pensée qui domine notre étude est de compléter, par des recherches consciencieuses, les principes posés en 1844 et de les mettre en harmonie avec les intérêts actuels des chasseurs. Nous avons eu en vue non pas une loi politique, mais une loi sur la chasse; notre but n'a pas été de donner satisfaction à quelques revendications audacieuses qui, en se parant des appellations de démocratiques et d'égalitaires, profitent des temps où nous sommes pour se produire au grand jour et faire entendre, en cette matière comme en bien d'autres, leurs voix ardentes.

Chasseur nous sommes, notre loi est faite pour les chasseurs; elle a pour but de protéger un exercice salutaire, utile à l'individu, dont il déploie la vigueur et la force, et à l'État, dont il augmente les ressources. Nous cherchons à le soutenir au moment où il tend à disparaître et à lui donner, par des mesures conservatoires, une énergie nouvelle.

ANNEXES

ANNEXE N° 1

Au moment où nous répondions au pressant appel de la
Société centrale des chasseurs, gardienne vigilante des intérêts cynégétiques, aujourd'hui compromis et menacés, nous
n'osions espérer que notre modeste travail et nos projets de
réforme législative auraient l'honneur de figurer au premier
rang, de mériter la médaille d'or et, ce qui est plus précieux
pour nous, de se concilier la sympathie des membres du
comité consultatif et de la Société.

Ainsi que nous l'avons dit en répondant aux paroles gra-
cieuses que M. le duc de Trévise nous adressait à l'Assemblée
générale du 15 mai 1883, cette distinction n'est pour nous
qu'un encouragement, et nous prenons la plume avec ardeur,
estimant que rien n'est fait s'il reste encore à faire pour
assurer le triomphe de nos idées législatives en matière de
chasse, heureux si nous pouvions saluer l'ère de prospérité
de notre Société et des intérêts qu'elle représente et l'ac-
clamer d'un hurrah victorieux en imitant les vivats de notre
vieille France, alors qu'elle suivait les traditions glorieuses
de sa dynastie et de son histoire. La chasse se meurt! La
chasse est morte! Vive la chasse! Hurrah! *For ever!*

Aussi bien, l'étude qu'a faite de notre projet de loi le rapporteur du comité, les critiques et les éloges qu'il formule,
nous donnent bon espoir que nos représentants, accordant

à d'éminents jurisconsultes (1) les égards qu'ils méritent, feront en cette matière œuvre de législateurs, et que, laissant de côté le point de vue mesquin et borné de ce qu'on appelle vulgairement la politique, et qui n'est en somme que le triomphe renouvelé de leur élection, ils s'occuperont exclusivement de la conservation de la chasse et des intérêts économiques qui s'y rattachent.

L'opinion des Bétolaud en matière judiciaire et législative s'impose; tôt ou tard le bon sens public s'y rallie, et de tels hommes, devraient-ils perdre leur cause en première instance devant une Chambre inquiète et agitée de passions houleuses, qu'il leur suffira pour la gagner d'en appeler à ce grand tribunal de l'opinion publique qui juge en dernier ressort, en équité et en droit, et dont les évolutions lentes, mais certaines, finissent toujours par se conformer aux intérêts du pays et de la société.

A l'œuvre donc avec confiance, et après avoir transcrit le rapport spécial dont notre travail a été l'objet au sein du comité, discutons à notre tour le rapport de nos juges, dont nous n'acceptons ni les éloges, les tenant pour exagérés, ni les critiques, les estimant insuffisantes.

RAPPORT DU COMITÉ CONSULTATIF

PRÉSENTÉ A L'ASSEMBLÉE GÉNÉRALE DU 15 MAI 1883.

Messieurs,

Dans votre assemblée générale du 26 avril 1882, vous avez mis au concours la rédaction d'un projet de loi sur la chasse. Votre appel a été entendu et treize projets vous ont été adressés par MM. Blacas, Freycinaud, Jacquinot, Jantet, Lajoye, Leclerc, de Lucière, Petitjean, de Peyre, Société

---

(1) MM. Betolaud, avocat; Pochet, avoué à la Cour; Milliot, avoué à la Seine; Lassis, avocat; Massenet-Déroche, avocat au Conseil d'Etat et à la Cour de cassation.

cynégétique du Nord, Vincent, Werry de Hulst, X***, chasseur de la Haute-Savoie.

Le comité a étudié avec soin les projets qui lui étaient soumis. Chacun d'eux a été l'objet d'un rapport spécial et écrit.

Le comité a rendu justice aux efforts qui ont été faits dans la voie du progrès, et je remercie, au nom de la Société, tous ceux qui ont bien voulu nous communiquer leurs idées au sujet d'une œuvre qui nous intéresse tous au plus haut degré.

Je n'ai pas l'intention d'analyser la série des travaux qui, tout en méritant des éloges, n'ont pas paru de nature à obtenir les récompenses promises par vous. Il m'a paru que je devais me borner à quelques observations sur les deux ouvrages auxquels votre comité a assigné le premier et le deuxième rang. Mais, avant tout, il importe qu'il soit bien entendu que la Société n'a pas de projet officiel, et que, par les récompenses qu'elle décerne, selon l'engagement qu'elle en a pris, elle n'imprime pas ce caractère à des œuvres qui restent entièrement personnelles à leurs auteurs. Il y aurait plus d'un inconvénient à émettre des doctrines au nom de la Société elle-même, parce que toutes les opinions peuvent être représentées dans son sein et qu'il importe que chacun garde pour soi la liberté et la responsabilité de ses idées propres. Le seul point sur lequel nous devons être tous d'accord, c'est qu'il faut encourager la recherche intelligente et sincère des progrès à réaliser dans la législation sur la chasse.

Nous ne plaçons donc aucun projet sous le patronage de la Société, nous bornant à rendre hommage aux efforts tentés pour atteindre le but indiqué par vous, malgré les critiques dont telle ou telle innovation peut être l'objet.

Après avoir formulé ces expresses réserves, je crois ne pouvoir mieux faire, pour vous donner une idée du projet de M. Jules Leclerc, auquel a été assigné le premier rang, que de transcrire le rapport spécial dont son travail a été l'objet au sein du comité. Ce rapport est ainsi conçu :

Le projet de M. Jules Leclerc ne vise pas à l'originalité et aux idées neuves ; il est l'œuvre d'un homme qui, par la nature de ses fonctions, a vu de près l'application de la loi de 1844 et a pu en [constater la déplorable insuffisance. L'auteur, à qui cette loi est familière, la prend comme point de départ; il en adopte les principes généraux et s'attache à en redresser les imperfections, sans chercher des innovations radicales.

C'est ainsi qu'il a été amené à placer en regard l'un de l'autre, sur deux colonnes, le texte de la loi du 3 mai 1844 et le texte de son projet modificatif. Cette disposition graphique permet de saisir du premier coup d'œil les ressemblances et les différences.

Le but d'un rapport sommaire comme celui qui nous a été confié doit être de mettre en relief les différences essentielles ou sérieusement importantes; par là, le comité connaîtra la physionomie véritable du projet et pourra la juger dans ses grandes lignes.

M. Leclerc débute, dans l'art. 1er, par une définition de la chasse; il se propose de mettre ainsi un terme à des discussions qui n'ont pas seulement un intérêt doctrinal. Est-ce un progrès? Est-ce un danger? Nous nous bornerons à signaler la question, en faisant remarquer qu'elle est d'un ordre secondaire; l'action de chasse peut se présenter dans des circonstances si diverses, si complexes, la capture du gibier se produit parfois d'une manière si imprévue et si étrange, qu'il n'est pas sans inconvénients d'emprisonner le juge dans une définition dont les termes sont absolus.

Sous l'art. 4, le projet fait un double emprunt à la loi belge de 1882. Le colportage et la mise en vente du gibier ne seraient interdits qu'à compter du troisième jour après la clôture de la chasse, mais ils seraient défendus le jour même de l'ouverture, avant midi. Ce qui se passe aux halles, où le gibier afflue dès l'aube le jour de l'ouverture, explique la nécessité de cette dernière disposition, au moins en ce qui concerne la mise en vente. On peut affirmer que le gibier offert en vente au marché ou chez les marchands de comestibles, à l'heure même où se tirent les premiers coups de fusil, a été expédié la veille ou la nuit même par les bracon-

niers ; et comme, à ce moment, la concurrence du gibier
légitimement tué n'est pas encore possible, il y a là un encouragement et une sorte de prime à leur coupable industrie.

Deux autres interdictions prennent place dans l'art. 4. A
partir de la clôture on ne pourrait mettre en vente des pâtés,
boîtes ou conserves de gibier qu'à la condition qu'une
bande fermant le couvercle attestât, par le timbre de la
régie, la date de la fabrication avant l'échéance de dix jours.
Le but poursuivi est des plus louables; mais ce certificat
administratif d'une date d'origine serait de nature à sou-
lever plus d'une difficulté dans l'application. Quoi qu'il en
soit, c'est là un point qui mérite d'être médité, et le moyen
proposé par M. Leclerc est peut-être le plus simple pour
faire cesser autant que possible un abus criant qui se produit au grand jour chez la plupart des marchands de comestibles.

Enfin, il serait interdit, pendant le même temps, aux
marchands de comestibles, traiteurs et aubergistes de détenir du gibier vivant, et à toute personne de le détenir pour
leur compte. L'expérience enseigne qu'une telle prohibition
est absolument nécessaire.

Chacun sait que les exhibitions de quelques pièces de
gibier vivant ne sont, pour les restaurateurs et les marchands
de comestibles, qu'un fallacieux prétexte pour débiter, sous
une forme ou sous une autre, du gibier qui est, en réalité,
le produit du braconnage.

L'art. 5 va beaucoup plus loin en réglementant d'une
manière rigoureuse le transport du gibier destiné à la vente
et les expéditions de gibier en général. Il propose de créer
un impôt de circulation et d'exiger que le gibier soit accompagné d'un laissez-passer délivré au bureau de la régie. Il
en serait de même pour les conserves et pour le gibier
étranger entrant en France.

De semblables mesures nous paraissent présenter les
difficultés pratiques les plus graves. Elles seraient une gêne
considérable pour les chasseurs réguliers, souvent pressés

par le temps à la fin d'une longue et fatigante journée de chasse ; elles multiplieraient les causes d'une intervention administrative que nos habitudes et nos mœurs supportent impatiemment.

L'art. 6 a pour objet d'autoriser les perquisitions domiciliaires non-seulement chez les marchands et en général dans tous les lieux ouverts au public, mais même chez les particuliers.

M. Leclerc sent lui-même la gravité de cette innovation et il croit y apporter un correctif en ajoutant : « S'il est établi que le gibier y est déposé (chez le particulier) pour être livré au commerce. » Mais ce point de fait ne peut être établi que par un jugement ; il n'y a donc pas là une garantie effective contre l'abus possible des perquisitions. C'est cette garantie qui reste encore à chercher ; peut-être la solution est-elle ailleurs. Si les marchands étaient soumis à une répression réellement efficace lorsqu'ils sont convaincus d'avoir fait le commerce illicite du gibier soit directement, soit par des intermédiaires, on réaliserait un grand progrès sans avoir besoin de porter atteinte au principe si respectable de l'inviolabilité du domicile privé.

L'art. 8 contient deux ordres de dispositions : d'une part, il exige que toute demande de permis soit accompagnée d'un extrait du casier judiciaire, et il faut convenir que c'est, dans beaucoup de cas, le seul moyen de s'assurer que l'impétrant n'a point encouru de condamnations faisant obstacle à la délivrance du permis ; d'autre part, il propose de porter le prix du permis à 50 fr., dont 30 fr. pour l'État et 20 fr. pour la commune.

Dans l'art. 12, nous rencontrons une disposition qui mérite l'attention du comité. Elle considère comme un délit de chasse le fait de laisser circuler dans les champs et dans les bois, en temps prohibé, les chiens, de quelque espèce qu'ils soient, sans être tenus en laisse ou couplés. Nous nous demandons si cette disposition n'appellerait pas un complément pour les chiens qui vaguent sans maître dans la campagne pendant le temps de la chasse. Il est certain que le chien livré à lui-même est le plus grand destructeur de gibier, sans même être par sa race un chien de chasse ; il est bien plus dangereux que le renard, car, doué du même instinct, il a sur lui l'avantage que donne la sécurité. M. Leclerc a raison de dire que « le chien vagabond, dès qu'il a pris goût au gibier, est un fléau et le pire des braconniers. »

Sous la section II le projet traite des peines, en proposant de les élever dans une mesure raisonnable. L'auteur nous dit lui-même dans quel esprit il a conçu son œuvre, à ce point de vue :

« L'idée générale qui nous à guidé dans l'établissement des peines est de permettre aux magistrats de frapper sévèrement les braconniers et de n'infliger que des peines légères aux chasseurs qui commettront accidentellement des infractions sans gravité. »

Et il ajoute avec raison :

« En augmentant la pénalité, en forçant la note, si je puis m'exprimer ainsi, n'y a-t-il pas lieu de craindre que le magistrat hésite à prononcer une peine qui froisse sa conscience et ne réponde pas, dans sa pensée, à l'échelle de la pénalité qu'il est accoutumé à appliquer chaque jour? » Cette observation est d'autant plus juste qu'il est aujourd'hui presque de règle de n'appliquer que le minimum de la peine.

Toutefois, il importe de réagir contre une tendance qui énerve la répression. A cet égard, le trait saillant du projet est de rendre obligatoire, au lieu de facultative, la peine de l'emprisonnement pour le délit de chasse en temps prohibé. L'amende est illusoire pour un grand nombre de braconniers : beaucoup d'entre eux sont affranchis par leur insolvabilité; pour d'autres, elle est acquittée par des complices, au moyen des ressources d'une association qui a son budget, ses profits et ses pertes, ou bien encore elle est payée par le recéleur qui a des braconniers à sa solde. Dans tous ces cas, l'amende reste inefficace, les bénéfices étant beaucoup plus considérables que les légers sacrifices à faire.

Nous touchons ici à un des points dont il importe particulièrement de se préoccuper. Le projet met sur la même ligne, au point de vue de la pénalité, le braconnier et le marchand. Est-ce juste?

Le braconnier est généralement pauvre, souvent jusqu'à l'extrême misère; il vit dans un milieu où le niveau moral n'est pas élevé; il cherche dans le braconnage un moyen illégitime sans doute de vivre au jour le jour, mais sans espoir de s'enrichir jamais; enfin, il est souvent poussé par la passion de la chasse, qui lui fait abandonner un travail honnête et régulier. On lui doit quelque indulgence.

Mais le recéleur, l'aubergiste, le restaurateur, le marchand, n'est poussé que par l'appât du lucre. Il s'enrichit par les délits dont il est le complice nécessaire et l'instigateur le plus actif. La fatigue, les risques véritables, les nuits passées à l'attente du gibier sont pour le braconnier pauvre; pour le marchand, il n'y a que les profits. Il est un spéculateur qui suppute les bénéfices que lui rapportera une industrie coupable.

Pour celui-ci, où est l'excuse?

D'un autre côté, un marchand résume en lui l'œuvre de dix, vingt braconniers peut-être. Si les braconniers ne trouvaient pas dans sa maison un débouché certain pour leurs produits, souvent tarifés d'avance, ils seraient obligés de renoncer à leur existence aventureuse et de revenir à la charrue ou à l'atelier.

Il est donc moral et nécessaire de punir le marchand bien plus sévèrement que le braconnier lui-même. Ne conviendrait-il pas, dans l'échelle des peines, d'introduire la fermeture de l'établissement du marchand pendant un temps à déterminer? Ne serait-ce pas la peine la plus efficace et la mieux appropriée au caractère particulier du délit commis par le marchand qui n'agit que dans un but de spéculation inavouable? Il nous a paru opportun de soumettre cet ordre d'idées aux méditations du comité.

Nous bornerons là nos observations sur le projet de M. Leclerc. En somme, ce projet est une œuvre consciencieuse; il est bien étudié, sagement coordonné et sa rédaction atteste qu'il émane d'un homme connaissant à fond la matière qu'il traite. Il mérite certainement d'attirer l'attention du comité dans le travail de comparaison qu'il y aura à faire.

A la suite de l'étude comparative à laquelle il s'est livré, le comité consultatif a estimé que le travail de M. Leclerc était le plus complet.

Le projet de M. Gaston Jacquinot a été placé au second rang. A la vérité, il serait difficile de le proposer comme un projet de loi qui fût de nature à passer dans le domaine législatif; il a en lui-même le sentiment, car dans sa lettre d'envoi il prend le soin de dire avec modestie : « Sans avoir la prétention d'avoir élucubré un monument législatif parfait, j'espère que je serai arrivé à apporter mon contingent d'idées personnelles et nouvelles à l'accomplissement d'une œuvre que je considère comme de la plus grande utilité. »

La rédaction générale est imparfaite; les idées ne paraissent pas toujours assez mûries et ne sont pas précisées dans des formules irréprochables. Certaines idées en elles-mêmes pourraient être très-contestables.

Ainsi M. Jacquinot propose d'allouer une gratification non-seulement aux gardes, aux gendarmes et autres agents chargés de dresser des procès-verbaux, mais encore aux témoins qui se seraient faits les dénonciateurs des délits. Cette dernière disposition, relative aux témoins, est si contraire à nos mœurs et pourrait entraîner de tels abus, qu'elle offrirait peut-être beaucoup plus d'inconvénients que d'avantages.

A cette réserve, nous pourrions en ajouter d'autres, mais, prise dans son ensemble, l'œuvre a un caractère très-personnel, on y trouve en germe des dispositions qui seraient de nature à réaliser de réels progrès; ainsi, l'auteur du projet aborde résolument l'idée d'attribuer aux communes, pour qu'elles puissent en faire la location de chasse à leur profit, les parcelles de terre dont l'exiguité ne permet pas au propriétaire d'y chasser lui-même sérieusement et utilement. Ce système est, dans certains départements, mis en pratique par l'accord commun des propriétaires, au plus grand profit de tous. Ce n'est pas seulement un moyen d'assurer le bon aménagement de la chasse et la conservation du gibier, mais c'est encore une ressource pour le budget de la commune, qui permet d'alléger d'autant les charges des contribuables, et, par cet allégement des charges, les propriétaires ont l'équitable compensation du droit de chasse illusoire dont ils font l'abandon. Mais on comprend combien il est difficile d'obtenir cet accord commun; aussi, dans certaines législations étrangères, le système dont nous parlons est imposé par la loi elle-même et il faut reconnaître que le léger sacrifice qu'on demanderait sous cette forme à la propriété, n'est ni plus dur, ni plus arbitraire que l'impôt qui pèse sur elle. Il y a là un objet d'étude des plus intéressants au point de vue de la chasse, et il y a lieu de savoir gré à M. Jacquinot d'être entré dans cette voie, sans que nous puissions dire que, dans les dispositions qu'il propose, il a trouvé la solution du problème.

———

Après la lecture du rapport du comité consultatif, M. le duc de Trévise, président de la Société, prononce les paroles suivantes :

Messieurs,

Je proclame comme lauréats du concours :

Au premier rang : M. JULES LECLERC, auquel la Société décerne une somme de mille francs et une médaille d'or;

Et au deuxième rang : M. GASTON JACQUINOT, à qui elle décerne une somme de cinq cents francs et une médaille d'argent.

———

Ainsi qu'on vient de le voir dans ce rapport, l'utilité de l'art. 1er de notre projet, donnant une définition de la chasse, paraît être contestée. Est-ce un progrès? est-ce un danger? nous dit le rapporteur. Et à notre tour nous répondons :

Comment serait-ce un danger? Notre définition est aussi large que possible, elle s'applique à tout moyen employé contre toute espèce de gibier; vraiment elle n'est dangereuse que pour les braconniers, et quant au progrès qu'elle réalise il est manifeste.

Chaque jour vous voyez comparaître en police correctionnelle des individus poursuivis pour délit de chasse sur le terrain d'autrui, sans le consentement du propriétaire. Le garde les a surpris armés, battant la plaine, souvent même passant à côté du classique poteau où s'étale pompeusement l'indication de chasse réservée, témoin muet et inutile de leur passage, « *Testis unus, testis nullus* ». A l'audience, ils soutiennent effrontément que s'ils ont passé là où le garde les a vus, du moins ils ne chassaient pas; ils prouvent, à l'aide de voisins ou compagnons de chasse complaisants, que leur fusil était désarmé; ils jurent que si une pièce de gibier leur était partie à belle portée, ils se seraient bien gardés d'armer leur fusil et d'abatte le gibier d'autrui. Aussi, très-souvent, il arrive que les juges, ne trouvant pas, dans le procès-verbal ou dans la déposition du garde interloqué par l'effronterie du braconnier, la preuve suffisamment établie qu'il y ait eu acte de chasse parce que le fusil était plus ou moins armé ou plus ou moins porté en bandouillère, acquittent le braconnier, qui, le lendemain, recommence sa tournée au nez et à la barbe du garde honteux, confus et jurant qu'on ne l'y prendra plus à faire des procès à gens plus avisés que lui.

Avec notre art. 1ᵉʳ les braconniers de l'espèce de ceux que je signale (et ils sont plus nombreux qu'on ne le pense) n'échapperont plus, car la recherche, la poursuite du gibier, indépendamment de la question de savoir s'ils étaient ou non à même de le capturer, suffira pour les constituer en délit.

Tel est le progrès que nous cherchons à réaliser en définissant l'acte de chasse; c'est de paralyser la défense toujours prête des braconniers habiles, qui soutiennent qu'ils ne chassent pas parce qu'ayant désarmé leurs fusils, ils ne peuvent tirer et en conséquence ne sont pas en action de chasse. A d'autres, MM. les braconniers! Vous n'avez pas tiré? Tant mieux! mais vous cherchez le gibier, et grâce à la combinaison des art. 1er et 14 de notre projet vous aurez à payer 25 à 100 fr. d'amende; en cas de récidive l'emprisonnement suivra, et ce sera justice, comme notre vénérable patron en son étude nous a si souvent appris à l'écrire en nos jeunes années de cléricature.

A ce point de vue notre art. 1er est donc utile, il réalise un progrès et nous en sollicitons le maintien.

Nos projets de réforme, établis par l'art. 4, ont eu l'approbation du rapport et nous avons été heureux de voir que le gouvernement lui-même avait accepté le principe de la réforme que nous sollicitons, relativement au gibier en conservés. Nous avons appris en effet que, tout récemment, en vue de donner au commerce toute la liberté compatible avec la loi, le ministre de l'intérieur a proposé d'autoriser l'introduction en France, pendant la clôture de la chasse, du gibier en conserves, à charge par l'importateur d'obtenir de la douane un certificat attestant l'origine étrangère du produit, et sous réserve qu'une estampille sera apposée sur chaque boîte de conserves. L'estampille sera collée à l'intersection de la boîte et du couvercle; elle portera le cachet du bureau et la signature du receveur de la douane; le prix en sera de 5 centimes.

Cette proposition du ministre de l'intérieur est absolument celle que nous avons faite en notre art. 4, avec cette différence que l'estampille ne s'appliquerait qu'au gibier introduit en France de l'étranger, tandis que nous voudrions la voir s'appliquer à tout gibier en conserves, même préparé en France. Mais, de la proposition du ministre à la nôtre, il n'y a qu'un pas à franchir : la résistance que nous redoutions de la part de l'administration à faire intervenir la régie est vaincue, puisque le gouvernement admet qu'elle interviendra pour les conserves de gibier étranger.

Nous nous réjouissons de cette proposition du ministre de l'intérieur, nous la considérons comme un grand progrès obtenu en faveur des idées émises dans notre art. 4, et dont la réalisation avait été le but principal du concours ouvert par la Société en 1882. Si, comme nous l'espérons, cette proposition est acceptée, la nôtre sera bien près de l'être, et nous aurons ainsi contribué à entraver le braconnage, en rendant illicite la vente du gibier réduit en conserves pendant la fermeture de la chasse, et à enlever ainsi aux braconniers un des profits les plus lucratifs de leurs exploits.

Nous avons vu, avec un grand regret, le rapport s'élever contre l'art. 5 de notre projet, par lequel nous proposons de soumettre à la formalité d'un laissez-passer les expéditions du gibier. « De semblables mesures nous paraissent présenter les difficultés pratiques les plus graves. Elles seraient une gêne considérable pour les chasseurs souvent pressés par le temps », s'écria notre honorable rapporteur. Vous voilà, Parisiens ! Que je vous reconnais bien là ! Toujours pressés ! Pour vous comme pour le Yankee : *Times is money*.

Mais, de grâce, arrêtez-vous un instant ici à causer avec moi.

Je vous vois, débarquant du wagon, le fusil sur l'épaule et la carnassière pleine. Vous avez quelques instants pour rentrer chez vous, changer de toilette, et vous présenter en habit et cravate blanche dans une maison amie où un succulent festin et une hospitalité écossaise vous attendent. S'il vous faut, pendant quelques minutes, souffrir les vérifications de la régie et lui laisser faire l'inspection de votre carnier, vous êtes perdu. Au diable les réformes, dites-vous. Vous voulez passer et rentrer à Paris, coûte que coûte.

Mais, de grâce, mon cher rapporteur, ce n'est pas moi qui vais vous faire manquer votre bon dîner et votre charmante réception. S'il en était ainsi, je reconnaîtrais la scélératesse de mes noirs desseins, et je jetterais mon mémoire au feu, en conservant toutefois la médaille que vous m'avez décernée et à laquelle je tiens. Causons froidement. Ce n'est pas pour vous qu'est fait le laissez-passer, et vous m'avez lu sans me comprendre. Vous étiez, comme en rentrant de la chasse, un peu pressé sans doute.

Que dit mon art. 5 ? « Pendant le temps d'ouverture des

diverses espèces de chasse, il est permis de circuler avec du gibier. » Entendez bien ceci. Vous pouvez circuler avec votre gibier.

Allez donc dîner en toute hâte. Rentrez bien vite avec votre gibier. Nous savons bien que les chasseurs qui portent leur gibier ou même ceux qui le font porter, qui, en un mot, circulent avec leur gibier, ne sont pas des braconniers et nous nous gardons bien de leur imposer aucune entrave, que nos habitudes et nos mœurs supporteraient impatiemment, ainsi que le dit justement le rapport. Mais ce que nous entendons surveiller, ne vous en déplaise, ce sont les expéditions de gibier. C'est uniquement aux expéditions que nous imposons l'obligation du laissez-passer. Cela vous paraît impraticable; mais ne le faites-vous pas chaque année? Et, lorsque pendant la fermeture vous voulez expédier du sanglier ou des lapins, ne vous munissez-vous pas d'un certificat d'origine?

Les critiques qu'on nous adressait nous paraissent donc tomber d'elles-mêmes et l'idée que nous prête le rapport de créer pour le gibier un droit de circulation est inexacte.

Encore une fois, la circulation du chasseur avec son gibier est et restera libre, mais le transport pour la vente et l'expédition sera soumis à la délivrance d'un laissez-passer dont le but, en cas de fraude, est de fournir aux poursuites un expéditeur et un destinaire tous deux responsables.

Et si nous comparons notre projet à celui présenté le 11 juin 1881 par la commission de la Chambre des députés, qui proposait de faire plomber la patte droite de chaque pièce de gibier d'une bande de plomb scellée, portant la date et le nom du pays où il a été tué, nous pensons réaliser un progrès utile et pratique contre lequel viennent se briser les critiques du rapport, qui s'est mépris sur les dispositions de notre art. 5, lequel laisse libre la circulation du gibier, mais apporte seulement une entrave à la vente et à l'expédition.

Le rapport se préoccupe de l'atteinte portée à l'inviolabilité du domicile privé par l'autorisation des perquisitions chez les particuliers, dans le cas seulement où il est établi que le gibier y est déposé pour être livré au commerce. Ce point de fait ne peut résulter que d'un jugement, dit le rapport; il n'y a donc pas là une garantie effective contre l'abus possible des perquisitions. Nous ne partageons pas cette opinion, et la critique ne nous paraît pas fondée; pourquoi ce point de fait, à savoir que tel particulier fait habituellement le commerce de gibier, ne peut-il résulter que d'un jugement? C'est là une grave erreur. Les procès-verbaux des commissaires de police et de la gendarmerie font foi de ce qu'ils constatent, et lorsqu'un magistrat saisi d'une poursuite en matière de chasse aura fait recueillir tous les renseignements d'usage, et que des procès-verbaux réguliers lui feront connaître que dans telle maison on achète, chaque jour, du gibier apporté ou expédié du dehors pour la vente, est-ce qu'il n'est pas établi que le gibier y est déposé pour être livré au commerce?

Cette appréciation est donc laissée à la conscience du magistrat. Il faut donc reconnaître que la critique du rapport n'est point fondée, et que les dispositions de notre article reposent sur les notions les plus élémentaires du droit commun.

Le juge d'instruction, lui seul, entendons-le bien, jouit du droit de perquisition, sans autre restriction que celle que lui impose sa conscience; notre art. 6 n'a d'autre effet que de lui reconnaître ce droit dans un cas déterminé, sans en augmenter ni en restreindre, en aucune façon, l'importance, et à ce titre il est à l'abri de toute critique. Et n'est-ce pas là une garantie sérieuse contre l'abus possible de ces perquisitions?

Vous savez bien, monsieur le rapporteur, que ni les commissaires de police, ni la gendarmerie n'ont le droit de perquisition; que le Procureur de la République lui-même n'en est point investi. « A la différence du Procureur et de ses auxiliaires, qui ne peuvent s'introduire d'autorité que dans le lieu où a été commis le crime, et ce dans le seul cas de flagrant délit, le juge d'instruction peut pénétrer même chez des tiers, de quelque nature que soit l'affaire, la loi l'autorisant à se transporter afin d'y faire perquisition ; en sorte que le droit du juge d'instruction, pour effectuer ses visites domiciliaires, est indéfini et n'a d'autres bornes que celles que lui impose sa prudence. » C'est ainsi que s'exprime M. Duverger (t. Ier, p. 434, *Manuel du juge d'instruction*), établissant ce principe de procédure criminelle que, hors le cas de crime flagrant, le juge d'instruction seul a le droit d'ordonner perquisition chez des particuliers.

Ecartez donc ce fantôme qui vous effraye de la violation du domicile privé. Notre art. 6, par ces mots : « s'il est établi que le gibier est déposé chez le particulier pour être livré au commerce », ne peut avoir d'autre portée que de conférer au juge d'instruction seul, qui dans les documents de sa procédure trouve des renseignements précis, le droit d'opérer perquisition au domicile privé d'un citoyen, alors que devant sa conscience de magistrat et d'honnête homme il est établi que le particulier en question se livre frauduleusement au commerce du gibier.

La critique que nous adresse le rapport n'est pas fondée, car notre article 6 ne fait, en somme, que reconnaître au magistrat instructeur un droit qui lui appartient, celui de faire perquisition là où sa conscience l'y invite, et alors qu'il est établi pour lui qu'il va, par cette perquisition, réprimer une fraude et constater un délit. Au juge d'instruction seul appartient ce droit ; il est confié à sa prudence, et, quant à nous, il n'est pas à notre connaissance qu'aucun magistrat ait manqué aux règles que l'équité, la droite raison et le bon sens imposent en pareille matière.

Le rapport, continuant l'analyse de notre projet, signale toute l'importance que nous attachons à la prohibition de laisser circuler, dans les champs et dans les bois, les chiens sans être tenus en laisse ou couplés. Dans l'intérêt de la chasse et des récoltes, cette prohibition est si nécessaire que, devançant la réforme législative que nous sollicitons, les maires de certaines communes giboyeuses, et notamment celle de Saint-Martin-sur-le-Pré (Marne), ont pris des arrêtés pour interdire cette divagation des chiens. Il serait bon que l'exemple donné dans cette commune, où la direction des intérêts cynégétiques s'exerce avec une intelligence et une activité des plus louables, fût répandu et suivi partout, et que cette prohibition du vagabondage des chiens passât dans la pratique et s'imposât ainsi à l'attention de nos législateurs.

La dernière observation du rapport est relative aux peines qui frappent le braconnier et le marchand. M. le rapporteur estime que le marchand est plus coupable que le braconnier, et il se demande s'il ne conviendrait pas d'introduire au nombre des peines la fermeture de l'établissement du marchand. Nous partageons absolument cette manière de voir et nous la trouvons des plus judicieuses. Le motif qui nous a empêché de la proposer est, « doit-on le dire », un excès de timidité que nous avouons exagérée, puisque le rapport ne la partage pas. Il y a, parmi les législateurs, plus de gourmets (j'allais dire plus de gourmands) qu'on ne pense, et je ne sais s'ils auraient vu d'un bon œil la fermeture des établissements culinaires de premier ordre, où les palais les plus difficiles sont tenus de se déclarer satisfaits ; j'ai craint l'échec d'une semblable proposition. Mais avec vous, monsieur le rapporteur, j'entends tout oser. *Audaces fortuna juvabit.*

Fermons ces établissements éhontés, où le gibier frauduleux se consomme en tout temps ; c'est le seul moyen, le seul, de mettre fin à l'odieux braconnage. Car, entendez-le bien, chasseurs : « Le braconnage, c'est l'ennemi ».

Nous croyons avoir répondu victorieusement aux critiques que le rapport a faites de notre projet de loi, et nous terminons cet opuscule en remerciant M. le rapporteur des éloges qu'il nous adresse.

Il faut, pour mener à bien les choses humaines, l'œuvre du temps, car sans lui les laborieux efforts et la ténacité de l'expérience sont parfois inutiles. Aussi nos idées triompheront, nous en avons la ferme confiance, et les législateurs du dix-neuvième siècle, qui se complaisent à réformer et à détruire, sauveront du moins les droits et les plaisirs de la chasse, et tiendront à honneur de faire en sorte qu'on puisse dire de la France ce qu'un noble chasseur étranger disait, avec orgueil, en parlant de son pays : « C'est le paradis des chasseurs ».

ANNEXE N° 2

(Séance du 12 juillet 1879.)

RAPPORT SOMMAIRE fait au nom de la 13e commission d'initiative parlementaire chargée d'examiner la proposition de loi de M. Chavoix et plusieurs de ses collègues, ayant pour objet d'apporter des modifications à la loi du 3 mai 1844, sur la chasse, par M. Vaschalde, député.

Messieurs, votre 13e commission d'initiative parlementaire a été saisie de l'examen d'une proposition de loi présentée par MM. Chavoix, César Berthelon, Garrigat, Caduc, Rouvier, Devode, Viette, Petitbien, Helhou, Favand, Labuze, Jules Maighe, Ernest Brelay, Louis Blanc, Greppo, Daumas, députés, ayant pour objet des modifications importantes à la loi du 7 mai 1844, sur la chasse.

Cette proposition avait déjà été présentée à la Chambre des députés pendant la session de 1878.

Ses auteurs, encouragés par des vœux souvent exprimés, ont cru devoir faire revivre cette proposition conformément aux termes de l'art. 38 du règlement de la Chambre.

Ce projet est ainsi conçu :

Art. 1er. — A dater de la promulgation de la présente loi, l'impôt sur les permis de chasse est aboli.

Art. 2. — Il sera remplacé par une redevance de 3 fr. par an pour un fusil double et de 1 fr. 50 pour un fusil simple pouvant servir à la chasse.

La déclaration des fusils des citoyens qui voudront chasser devra être faite au secrétariat de la mairie du domicile réel du chasseur.

La quittance de cette somme, versée à la caisse du percepteur, tiendra lieu de permis de chasse et devra être représentée à la réquisition des agents préposés à la surveillance de la loi sur la chasse.

Art. 3. — Ceux qui voudront chasser avec des procédés autres que le fusil, lesquels sont autorisés par la loi du 3 mai 1844, devront payer un droit fixe de 5 fr. par an.

Art. 4. — Il n'est dérogé en rien à tous les autres articles de la loi du 3 mai 1844.

Votre commission a entendu les explications de l'honorable M. Chavoix, et elle a pensé que la loi du 3 mai 1844, actuellement en vigueur, était bien peu conforme aux institutions actuelles. Elle n'a pas hésité à croire qu'il serait bon de la réviser dans un sens plus large et plus démocratique.

Il semble, en effet, que le droit

de chasse, qui constituait autrefois un privilège de la noblesse, qui a été réglementé pour la première fois par l'édit général de 1601, dont l'esprit, la doctrine et la pratique sont heureusement bien loin de nous, ne puisse être aujourd'hui un privilège accordé à la richesse sans se trouver en désaccord avec le régime actuel de nos lois.

Il est évident que le taux du permis de chasse sera regardé comme très-élevé par tous ceux à qui leurs occupations ne permettent pas de se livrer chaque jour à cet exercice, et que les gens sans fortune qui vivent de leur travail, surtout du travail peu rémunérateur de l'agriculture, ne peuvent profiter de ce droit.

Et cependant, après le travail de la semaine, l'exercice de la chasse ne serait-il pas la récréation nécessaire et classique des gens qui vivent à la campagne ? N'est-ce pas la distraction la plus conforme à leurs mœurs, à leurs occupations ordinaires, à leurs goûts, concordant le mieux avec les soucis de la culture à laquelle il se livrent, la surveillance de leurs terres et de leurs récoltes; plus saine et plus salutaire que les distractions qu'ils trouvent à la ville ou au village, et dont les impôts indirects profitent plus que la morale publique?

En l'état, le petit propriétaire, le cultivateur, le petit fermier, qui voit naître et grandir le gibier autour de sa maison, qui voit le chasseur le poursuivre à sa porte, foulant son sol et souvent ses récoltes, doit se priver d'un plaisir que la nature semble avoir créé pour lui seul com-

me le délassement naturel et normal de ceux qui travaillent pour elle.

Sous ce point de vue n'y a-t-il pas quelque ressemblance entre la loi de 1844 et l'édit de 1601 ?

Mais aussi quelle jalousie l'arbitraire de cette prohibition ne fait-il pas naître ! Le gibier détruit en tout temps, à tout âge, au moment où il ne peut même pas servir à l'alimentation, tend à disparaître de notre pays.

Le paysan chasse non comme un homme qui prend une distraction, mais clandestinement, nuitamment, à l'époque où la chasse est interdite, par conséquent moins surveillée. Il chasse comme un homme qui veut spéculer ou détruire.

Il est à remarquer que tous ceux qui se sont préoccupés de la disparition du gibier en France ont tous cherché le remède dans l'extension du droit de chasse, dans la diminution de l'impôt; c'est qu'ils ont compris que pour protéger le gibier il fallait détruire le braconnage et faire des chasseurs ; que l'affût, les lacets, les traquenards, les pièges faisaient plus pour la destruction du gibier que toutes les chasses au grand jour; que le cultivateur était son premier gardien et sa meilleure sauvegarde.

Cependant, votre commission n'a pas été unanime sur la mesure législative par laquelle le projet tend à remplacer l'impôt sur les permis de chasse.

Quelques-uns de ses membres ont pensé qu'un impôt modique sur le fusil, quelque avantageux qu'il pût être pour le Trésor, équivaudrait au droit illimité de chasse pour tous les citoyens et pourrait entraîner quelques abus ; que peut-être l'abaissement du prix des permis de chasse atteindrait plus facilement le résultat désiré. Mais, tout en réservant à la commission spéciale l'étude des moyens à employer, elle a approuvé le but de la proposition, c'est-à-dire la révision dans un sens libéral et démocratique de la loi du 3 mai 1844 et reconnu l'utilité de la modification qui vous est soumise.

C'est pourquoi elle vous propose de prendre en considération le projet de nos honorables collègues.

ANNEXE N° 3

(Séance du 21 mars 1881.)

PROPOSITION DE LOI ayant pour objet de supprimer le permis de chasse établi par la loi du 3 mai 1844, présentée par MM. Guilloutet, Castaignède, Boulard (Landes), le baron Eschasseriaux, Jolibois, Ganivet, Fauré, René Eschasseriaux, députés (renvoyée à la commission relative à la chasse).

EXPOSÉ DES MOTIFS

Messieurs, le permis de chasse, dont il est question pour la première fois dans la loi du 3 mai 1844, est en opposition formelle avec les principes d'égalité civile proclamés en 1789.

I. — Avec les droits de la propriété, parce que le § 1er, art. 1er de ladite loi, étant ainsi conçu : « Nul ne pourra chasser s'il ne lui a été délivré un permis de chasse par l'autorité compétente... », le propriétaire n'a chez lui ni la liberté de chasser ni celle de laisser chasser ; parce que le § 1er, art. 9 de la même loi étant ainsi conçu : « Le permis de chasse donne à celui qui l'a obtenu le droit de chasser de jour à tir et à courre sur ses propres terres... » C'est à l'autorité compétente qu'appartient le droit de laisser chasser et d'enlever, par conséquent, au propriétaire une partie de ce dont il ne peut être dépossédé que pour cause d'utilité publique, la jouissance de sa propriété.

II. — Avec les principes d'égalité civile, parce qu'il reproduit au profit des favorisés de la fortune ce que d'autres plus libéraux et plus généreux ont autrefois [volontairement répudié ; parce qu'il ne permet pas à tout le monde l'usage direct ou par délégation d'un droit que, dans un but fiscal, l'État retient sur le domaine du particulier.

L'idée première de cette confiscation ne se trouve ni dans la législation de 1790, ni dans les décrets de 1810 et de 1812 ; elle est tout entière dans l'œuvre de 1844, dont les tendances sont à peine dissimulées par l'habileté des formules et dont les dispositions n'ont aucune raison d'être aujourd'hui, puisque l'expérience a prouvé qu'elle était mau-

vaise au point de vue de la conservation du gibier et que, par ailleurs,
M. le ministre des finances affirme
tous les jours une situation qui la
rend inutile au point de vue fiscal.

Par ces motifs et par d'autres qui
pourront être fournis au cours de
la discussion, nous soumettons à la
Chambre, en réclamant l'urgence,
la proposition de loi dont la teneur
suit :

PROPOSITION DE LOI

Art. 1er. — Le permis de chasse
est supprimé. A cet effet, le § 1er,
art. 1er, et le § 1er, art. 9, les art. 2,
5, 6, 7 et 8 de la loi du 3 mai 1844
sont abrogés, ainsi que toutes les
dispositions de la même loi résultant de l'institution du permis de
chasse.

Art. 2. — L'exercice du droit de
chasse, tel qu'il résulte des décrets
du 4 août 1789 et de la loi du 30
avril 1780, est soumis aux règles
du droit commun.

PROPOSITION DE LOI faite au
nom de la commission chargée
d'examiner les propositions de loi
de M. Chavoix et plusieurs de ses
collègues, ayant pour objet d'apporter des modifications à la loi du
3 mai 1844, sur la chasse ; de M. de
Guilloutet et plusieurs de ses collègues, ayant pour objet de supprimer le permis de chasse. —
Rédaction présentée par la commission le 11 juin 1881.

Art. 1er. — Dans l'intérêt de la
conservation des récoltes et du gibier, l'Etat règle l'ouverture et la
fermeture des diverses espèces de
chasses.

Nul ne peut chasser qu'en vertu
d'un permis délivré par les autorités compétentes.

Art. 2. — Nul n'aura la faculté
de chasser sur la propriété d'autrui
sans le consentement du propriétaire ou de ses ayants-droit.

Le propriétaire ou possesseur
peut chasser ou faire chasser en
tout temps sans permis de chasse
dans ses possessions attenant à une
habitation et entourées d'une clôture continue faisant obstacle à
toute communication avec les héritages voisins.

Art. 3. — Dans chaque département, les préfets détermineront,
par des arrêtés publiés dix jours à
l'avance, l'époque de l'ouverture et
celle de la fermeture des diverses
espèces de chasses.

Art. 4. — Dans chaque département, il est interdit de mettre en
vente, de vendre, d'acheter, de
transporter, de colporter du gibier
pendant le temps où la chasse n'y
n'est pas permise.

En cas d'infraction à cette disposition, le gibier sera saisi et immédiatement livré à l'établissement
de bienfaisance le plus voisin, en
vertu soit d'une ordonnance du
juge de paix si la saisie a eu lieu
au chef-lieu du canton, soit d'une
autorisation du maire si le juge
de paix est absent ou si la saisie
a été faite dans une commune autre que celle du chef-lieu. Cette ordonnance ou cette autorisation sera
délivrée sur la requête des agents
ou gardes qui auront opéré la saisie et sur la présentation du procès-verbal régulièrement dressé.

La recherche et la saisie du gibier pourra être faite à domicile

chez les restaurants, les maîtres d'hôtels, les aubergistes, les tables d'hôtes, les cafés, les marchands de comestibles, les voitures publiques et en général dans les lieux ouverts au public.

La recherche et la saisie ne peuvent être pratiquées par les mêmes voies en d'autres lieux que si le gibier y est déposé pour être livré au commerce.

Tout gibier étranger dont les espèces existent en France ne pourra être mis à l'étalage, colporté ou vendu à moins de porter à la patte droite un plomb de la douane indiquant son origine.

Il est interdit de prendre ou de détruire des œufs ou des couvées de faisans, de perdrix et de cailles et de tous les oiseaux qui ne seront pas déclarés nuisibles par arrêtés préfectoraux. Le transport du gibier vivant peut être autorisé pour le repeuplement par le ministre de l'intérieur et moyennant les conditions prescrites par lui.

Art. 5. — En temps de chasse ouverte, il est permis de circuler avec du gibier.

Mais du moment où le gibier devra être expédié par voitures publiques ou chemins de fer, du moment où il est colporté, transporté, mis à l'étalage et destiné à être vendu, il devra porter à la patte droite une bande de plomb scellée portant la date et le nom du pays où il a été tué.

Le garde champêtre ou, en son absence, un conseiller délégué par le sous-préfet sera chargé dans chaque commune d'appliquer le timbre qui lui sera confié et de percevoir une taxe qui sera fixée par l'administration supérieure dans un règlement complet sur la matière. Le produit en sera partagé également entre la commune et le timbreur.

En outre, le garde ou le délégué devra s'assurer si les déclarations qui lui seront faites sont exactes, si le gibier a été tué dans les conditions voulues par la loi ; après constatation, s'il y a délit, il verbalisera et saisira le gibier.

Il tiendra un registre du nom et domicile des déclarants, ainsi que du nombre et des espèces du gibier qu'il aura plombé à chaque individu.

Tout gibier étranger dont les espèces existent en France ne pourra être colporté, mis à l'étalage ou vendu sans avoir à la patte droite un plomb apposé par la douane constatant la date de l'entrée en France.

Tout gibier ne peut être mis en vente que le lendemain de l'ouverture.

Art. 6. — Les permis de chasse seront délivrés, sur l'avis du maire, par le préfet ou le sous-préfet.

La délivrance du permis de chasse donnera lieu au paiement d'un droit de 5 fr. au profit de l'Etat et de 5 fr. au profit de la commune dont le maire aura donné l'avis énoncé au paragraphe précédent.

Les permis de chasse seront personnels ; ils seront valables, pour tout le territoire de la République, pour un an, à partir du jour de leur délivrance jusqu'à pareille date exclusivement.

Le préfet ou le sous-préfet pourra exiger l'annexion à toute demande de permis de chasse d'un extrait régulier du casier judiciare.

Art. 7. — Le préfet refusera le permis de chasse :

1° A tout individu majeur qui ne sera pas personnellement inscrit ou dont le père ou la mère ne serait pas inscrit au rôle des contributions ;

2° A tout individu qui, par une condamnation judiciaire, a été privé de l'un ou de plusieurs des droits énumérés dans l'art. 42 du Code pénal, autre que le droit de port d'armes ;

3° A tout condamné à un emprisonnement de plus de six mois pour rébellion ou violence envers les agents de l'autorité publique;

4° A tout condamné pour délit d'association illicite, de fabrication, débit, distribution de poudre, armes ou autres munitions de guerre; de menaces écrites ou de menaces verbales avec ordre et sous conditions; d'entraves à la circulation des grains; de dévastations d'arbres et de récoltes sur pied, de plants naturellement ou faits de main d'homme ;

5° A ceux qui auront subi trois condamnations pour ivresse publique; à ceux qui ont été condamnés pour vagabondage, mendicité, contrebande, vol, escroquerie ou abus de confiance.

Art. 8. — Le permis de chasse ne sera pas délivré :

1° Aux mineurs au-dessous de vingt et un ans, à moins que le permis ne soit demandé pour eux par leur père, mère, tuteur ou curateur porté au rôle des contributions ;

2° Aux femmes mariées, sans le consentement de leurs maris ;

3° Aux interdits ;

4° Aux gardes champêtres ou forestiers des communes et établissements publics, ainsi qu'aux gardes forestiers de l'Etat et aux gardespêche ;

5° A ceux qui, par suite de comdamnations, sont privés du droit de port d'armes ;

6° A ceux qui n'auront pas exécuté les condamnations prononcées contre eux et payé les amendes pour l'un des délits prévus par la présente loi :

7° A tout condamné placé sous la surveillance de la haute police.

Art. 9. — Dans le temps où la chasse est ouverte, le permis donne à celui qui l'a obtenu le droit de chasser du lever au coucher du soleil à tir et à courre dans les conditions édictées par les arrêtés préfectoraux, dans le § 1er de l'art. 2.

Tous autres moyens de chasse, à l'exception des furets et des bourses destinés à prendre le lapin, sont formellement prohibés.

Est aussi interdite la chasse au fusil à l'aide de chevaux, vaches, charrues, mannequins ou buissons artificiels servant à masquer le chasseur pour approcher le gibier de plaine.

Néanmoins, les préfets, sur l'avis conforme des conseils généraux, prendront des arrêtés pour déterminer :

1° L'époque de la chasse des oiseaux de passage autres que la caille, la nomenclature des oiseaux et les modes et procédés de chaque chasse sur les diverses espèces ;

2° Le temps pendant lequel il sera permis de chasser le gibier d'eau dans les marais, sur les étangs, fleuves et rivières ;

3° La chasse est permise toute l'année à la mer et sur les bords, la limite étant celle de la plus forte marée.

Un permis de chasse est aussi nécessaire pour toutes les chasses sans fusils.

Art. 10. — Des décrets présidentiels détermineront la gratification qui sera accordée aux gardes, gendarmes et tous autres employés rédacteurs des procès-verbaux ayant pour objet de constater les délits.

Art. 11. — La chasse avec des chiens lévriers est défendue.

Les délinquants seront condamnés de 50 fr. à 100 fr. d'amende.

De la clôture à l'ouverture de la chasse en plaine et au bois, il est défendu de laisser circuler dans les champs et dans les bois les chiens, de quelque espèce qu'ils soient, sans être tenus en laisse ou couplés.

Les délinquants seront condamnés à une amende de 16 fr. à 25 fr.

Toutes ces amendes seront doublées en cas de récidive ;

Triplées à la troisième contravention, quel que soit le temps écoulé depuis la dernière condamnation.

Art. 12. — Tout individu chassant sur les terres où il a droit de chasser, s'il traverse des récoltes, pourra être poursuivi par les propriétaires de ces récoltes en dommages et intérêts devant le tribunal de simple police.

Art. 13. — Seront punis d'une amende de 25 à 150 fr. et aux frais tous ceux qui auront contrevenu à chacun des cas énumérés en l'art. 9 et le § 1 de l'art. 2.

L'amende pourra être portée au double si le délit a été commis sur des terres non dépouillées de leurs fruits ou sur un terrain entouré d'une clôture continue faisant obstacle à toute communication avec les héritages voisins, mais non attenant à une habitation.

Sera puni d'une amende de 75 à 300 fr. celui qui aura chassé sans autorisation dans une propriété close tenant à une habitation et pourra l'être d'un emprisonnement de six jours à trois mois.

Si le délit a été commis pendant la nuit, le délinquant sera puni d'une amende de 100 à 1.000 fr. et sera condamné à un emprisonnement de trois mois à deux ans, sans préjudice dans l'un et l'autre cas, s'il y a lieu, de plus fortes peines prononcées par le Code pénal.

Néanmoins ne sera pas considéré comme un délit de chasse, s'ils n'ont pas été appuyés, le passage des chiens courants sur l'héritage d'autrui lorsque les chiens seront à la suite d'un gibier lancé sur les propriétés de leur maître, sauf l'action civile, s'il y a lieu, en cas de dommages.

Art. 14. — Ceux qui auront chassé sans permis seront punis d'une amende de 30 à 200 fr. et d'un emprisonnement de deux à vingt jours.

Art. 15. — Seront punis de cinq jours à trois mois de prison et d'une amende de 60 à 300 fr. :

1° Ceux qui auront chassé en temps prohibé;

2° Ceux qui auront chassé, en plaine ou au bois, en temps de neige.

La quantité de neige tombée est suffisante pour cette prohibition aussitôt qu'il est possible de suivre une piste.

3° Ceux qui, en temps où la chasse est prohibée, auront transporté ou colporté du gibier, mis en vente, vendu, acheté ou consommé.

Il en sera de même pendant le temps de neige en temps non prohibé.

Les marchands de gibier auront quarante-huit heures pour écouler leurs marchandises.

4° Ceux qui auront contrevenu aux §§ 2 et 3 de l'art. 5.

Art. 16. — Seront punis d'un emprisonnement de quinze jours à six mois et d'une amende de 100 à 500 fr. :

1° Ceux qui auront chassé pendant la nuit;

2° Ceux qui auront chassé à l'aide d'engins, pièges, filets, lacets et instruments prohibés ou par d'autres moyens que ceux qui sont autorisés par l'art. 9 ;

3° Ceux qui seront détenteurs ou ceux qui seront trouvés munis ou porteurs, hors de leur domicile, des objets spécifiés au paragraphe précédent ;

4° Ceux qui auront employé des drogues ou appâts qui sont de nature à enivrer le gibier ou à le détruire ;

5° Ceux qui se serviront d'appelants ou chanterelles pour détourner ou arrêter les cailles dans leurs voyages, et ceux qui auront chassé en plaine ou au bois avec des appeaux, appelants ou chanterelles.

Quand les délits stipulés dans les §§ 1, 2, 4 et 5 auront été commis en temps prohibé, la peine sera portée au double.

Quand il sera reconnu qu'un individu étant sous le coup de l'application d'un ou de plusieurs paragraphes du présent article, fait partie d'une association de braconnage ou est payé par un individu ou plusieurs associés pour se livrer au braconnage, la peine sera portée au double du maximum; et celui ou ceux qui l'auront payé seront considérés comme complices et condamnés aux mêmes peines.

Les peines déterminées par le présent article seront portées au double contre ceux qui auront chassé pendant la nuit sur le terrain d'autrui et par l'un des moyens spécifiés aux §§ 1, 2, 4 et 5, si les chasseurs étaient munis d'une arme apparente ou cachée; les peines déterminées par l'art. 13 et par le présent article seront toujours portées au maximum lorsque les délits auront été commis par les gardes champêtres ou forestiers des communes, ainsi que par les gardes forestiers de l'État et des établissements publics.

Art. 17. — Les peines déterminées par les art. 13, 14, 15 et 16 qui précèdent seront portées au double si le délinquant était en état de récidive et s'il était déguisé ou masqué, s'il a pris un faux nom, s'il a usé de violence envers les personnes, ou s'il a fait des menaces, sans préjudice, s'il y a lieu, de plus fortes peines prononcées par la loi.

Lorsqu'il y aura récidive, dans les cas prévus par les §§ 1er et 2 de l'art 13, la peine de l'emprisonnement de six jours à trois mois pourra être appliquée si le délinquant n'a pas satisfait aux condamnations précédentes.

Art. 18.— Il y a récidive lorsque, dans les douze mois qui ont précédé l'infraction, le délinquant a été condamné en vertu de la présente loi.

Cependant ceux désignés au § 3, art. 15, c'est-à-dire les restaurants, cafetiers, maîtres d'hôtels, aubergistes, pensions bourgeoises, marchands de gibier, qui auront subi une première condamnation pour avoir vendu, servi ou être détenteurs de gibier en temps prohibé et quelle qu'en soit la date, outre les peines indiquées par l'art. 15, auront leurs établissements fermés de cinq à quinze jours, et un mois pour la troisième condamnation.

Un délai de trois jours leur est accordé du jour de la fermeture de la chasse pour écouler leurs marcnandises.

Art. 19. — Les fabricants de conserves de gibier seront tenus, huit jours après la fermeture de la chasse. d'avoir toutes leurs boîtes scellées par un timbre de la régie.

Après cette époque, toute boîte non revêtue de ce timbre sera saisie chez tous les fabricants et débitants, qui seront poursuivis conformément au § 3, art. 15. A la seconde condamnation ils se trouveront sous le coup du § 2 de l'art. 18.

Art. 20. — Tout individu convaincu de s'être servi de plombage faux ou ayant déjà servi sera puni d'une peine de un mois à un an de prison et d'une amende de 100 à 1.000 fr.

Les gardes ou délégués qui se rendraient complices de malversations dans l'exercice de leur mandat seront punis des mêmes peines.

Art. 21. — Semblable à la loi de 1844.

Art. 22. — En cas de conviction de plusieurs délits prévus par la présente loi, par le Code pénal ordinaire ou par des lois spéciales, la peine la plus forte sera seule prononcée.

Les peines encourues pour des faits postérieurs à la déclaration du procès-verbal de contravention seront cumulées, sans préjudice des peines de la récidive.

Art. 23. — Semblable à la loi de 1844.

Art. 24. — Semblable à la loi de 1844.

Art. 25. — Semblable à la loi de 1844.

Art. 26. — Semblable à la loi de 1844.

Art. 27. — Les maires et adjoints, commissaires de police, officiers, maréchaux-des-logis ou brigadiers de gendarmerie, gendarmes, gardes forestiers, gardes-pêche, brigadiers cantonniers, gardes champêtres, gardes assermentés des particuliers peuvent exiger de tout chasseur la présentation du permis de chasse.

Les procès-verbaux qu'ils rédigent font foi jusqu'à preuve du contraire.

Art. 28. — Les procès-verbaux

des douaniers, des employés des contributions indirectes, des chemins de fer, des octrois et des sergents-de-ville feront également foi, jusqu'à preuve contraire, lorsque, dans la limite de leurs attributions respectives, ces agents rechercheront et constateront les délits prévus par l'art. 4.

Art. 29. — Dans les quarante-huit heures du délit, les procès-verbaux des gardes seront, à peine de nullité, affirmés par les rédacteurs devant le juge de paix ou l'un de ses suppléants, ou devant le maire ou l'adjoint, soit de la commune de leur résidence, soit de celle où le délit aura été commis.

Art. 30. — Semblable à la loi de 1844.

Art. 31. Tous les délits prévus par la présente loi seront poursuivis d'office par le ministère public, sans préjudice du droit conféré aux parties lésées par l'art. 182 du Code d'instruction criminelle, ainsi que tous les délits commis dans un terrain clos, suivant les termes de l'art. 13, et attenant à une habitation. Néanmoins, dans le cas de chasse sur le terrain d'autrui sans le consentement du propriétaire, la poursuite d'office ne pourra être exercée par le ministère public sans une plainte de la partie intéressée ; le plaignant ne sera tenu de se constituer partie civile que s'il veut conclure aux dommages-intérêts.

Pour le cas prévu par le paragraphe précédent, les frais d'enregistrement et de procès-verbaux seront à la charge du plaignant, sauf son recours contre le délinquant.

Mais, pour toutes les autres contraventions constatées par les gardes particuliers, les procès-verbaux seront enregistrés en débet et sur papier libre.

Art. 32. — Semblable à la loi de 1844.

Art. 33. — Le père, la mère, le tuteur, les maîtres et commettants sont civilement responsables des délits de chasse commis par leurs enfants mineurs non mariés, pupilles demeurant avec eux, domestiques ou préposés, sauf tout recours de droit.

Art. 34. — Semblable à la loi de 1844.

Art. 34 *bis* (provisoire). — Pour permettre la reproduction plus abondante du gibier, pendant les quatre premières années qui suivront la promulgation de la présente loi, l'ouverture de la chasse dans toute la France ne pourra se faire avant le 30 août, et la fermeture aura lieu le 1er janvier pour tous les gibiers de plaine et de bois.

La fermeture de la chasse à courre, à cor et à cri aura lieu le 1er mars.

Art. 35. — Toutes les lois et décrets sur la chasse publiés antérieurement à la présente loi sont et demeurent abrogés.

IMPORTATION DE CONSERVES DE GIBIER EXOTIQUE

*(Circulaire adressée par M. le ministre de l'intérieur aux préfets,
le 25 mai 1883.)*

Monsieur le préfet,

Aux termes de l'art. 4 de la loi du 3 mai 1844, sur la police de la chasse, il est interdit, dans chaque département, de mettre en vente, de vendre, d'acheter, de transporter et de colporter du gibier pendant le temps où la chasse n'y est pas permise. Cette prohibition, qui a pour but de prévenir le braconnage, s'applique à toute espèce de gibier.

Toutefois, désirant faciliter l'alimentation du marché français et donner au commerce toute la liberté compatible avec la loi, j'ai pensé, d'accord avec M. le ministre des finances, qu'il y avait lieu d'autoriser l'importation, pendant le temps où la chasse est prohibée, des conserves de gibier exotique, revêtues de l'estampille de la douane, ce gibier ne pouvant, en raison même de sa provenance, être considéré comme le produit de faits de chasse délictueux.

Suivant les instructions adressées à cette occasion par M. le ministre des finances au service compétent, l'importateur devra obtenir de la douane un certificat attestant l'origine étrangère du gibier importé, et une estampille qui consistera en un carré de papier de 5 centimètres portant le cachet du bureau et la signature du receveur des douanes, et qui sera apposée à l'intersection de la boîte et du couvercle.

Vous aurez soin d'assurer, en ce qui vous concerne, l'exécution des dispositions de la présente communication en les notifiant aux agents chargés de la police de la chasse et des marchés.

Recevez, etc.

Pour le ministre de l'intérieur,

Le sous-secrétaire d'État,

MARGUE.

www.ingramcontent.com/pod-product-compliance
Ingram Content Group UK Ltd.
Pitfield, Milton Keynes, MK11 3LW, UK
UKHW022321070726
13614UKWH00002B/882